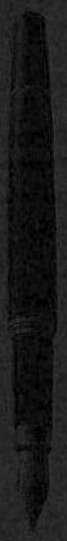

スカーレット・レター

五十嵐貴久

実業之日本社

目次

装丁　菊池祐
写真　Maciej Toporowicz, NYC/Getty Images

スカーレット・レター

＊　＊　＊

人の気配に、男はパソコンのキーボードから指を離した。目の前の時計が午前二時二十分を指していた。

ドアが開き、下着姿の女が部屋に入ってきた。どうした、と男は椅子を半回転させた。

「いつも言ってるだろ、仕事中は入ってくるなと――」

顔を伏せたまま、女が突っ込んできた。下腹部に猛烈な痛みと、真っ赤に灼《や》けた鉄の棒がねじ込まれるような感覚があった。

「何を……」

半歩下がった女がナイフを男の腹に突き立てた。一度、二度、三度。

「止めろ……止めろ！」

女を突き飛ばし、男は腹部を手で押さえた。ぬるりとした感触。

ほの暗いスタンドの明かりに手をかざすと、赤黒く染まった指の間から、粘っこい血が滴り落ちていった。

男は椅子から転がり落ちた。激痛が全身を貫く。

「誰か……」

悲鳴を上げた喉から、真っ赤な血の塊が飛び出した。背中にナイフの刃が食い込み、男はその場に崩れ落ちた。

「止めろ、頼む、助けてくれ。謝る。謝るから……」

女が男の体を蹴った。カーペットに滲んだ血が広がっていった。

頼む、と仰向けのまま、男は手を合わせた。

「許してくれ、俺が悪かった……救急車を呼んでくれ。このことは誰にも言わない。死にたくない死にたくない死にたく」

屈み込んだ女がナイフを横から頬に突き刺した。男の舌が二つに切れた。たほむ、と男は女の目を見つめた。

「こほさはいてくはさひコホハナヒデ」

ナイフを引き抜いた女が、そのまま男の喉を切り裂いた。溢《あふ》れてくる血の臭いに噎《む》せ、男は咳き込んだが、すぐに目が霞《かす》んだ。

馬鹿な。こいつが俺を殺すなんて。

血に染まった下着姿の女が、執拗《しつよう》にナイフを体に突き立てている。そこには何の表情も浮かんでいなかった。

一章　出張

1

麻視《あざみ》出版の小会議室に紫煙がたゆたっていた。塚本《つかもと》、とくわえ煙草の古田《ふるた》が赤いボールペンの先を向けた。

「例の『横町侍漫遊記』だけど、間に合うのか？　刊行予定は一月末だぞ？　まだ半分しか原稿来てないんだろ？」

大丈夫でしょう、とにやけた笑いを顔に浮かべた若い男が言った。

「沢里《さわさと》先生は毎回ぎりぎりですけど、締め切りには間に合わせてくれます。今までだって、何とかなってきたじゃないですか。年内に入れれば問題ありませんよ。あと一週間あります。書き始めれば早いですし……」

シリーズ十作目だ、と古田がボールペンで机を叩《たた》いた。

「人気シリーズだし、宣伝部は節目だから新聞広告を打つと言ってる。今回は舞台が京都だろ？　引きもあるし、販売だって初版三万部と強気だ。やっぱり間に合いませんでしたじゃ済まないんだぞ」

お任せください、と塚本がうなずいた。他もそうだ、と古田が左右に目を向けた。

「四、五年前なら、印刷会社に無理を言えば通ったが、今はそうもいかない。言いたくないが、全体に進行が遅れてないか？　書店からも、事前にカバーや帯を見たいと要請が来てる。その辺も踏まえて、先手先手でやってくれよ」

書籍編集部の体制が良くないんや、と副編集長の菰田《こもだ》が顔をしかめた。

「本来、うちら第三編集部はＰＲ誌の編集だけやった。せやのに、いつの間にか第二編集部の〝月刊薊《あざみ》〟のヘルプ、単行本、文庫、時代小説文庫、ぐちゃぐちゃやないか。編集長が交通整理してくれんと、下もどうしていいかわからんって」

皮肉のこもった関西弁に、そんなこと言うなよ、と古田が片手で拝んだ。

「仕方ないだろ。本が売れなくなってるし、人手も足りない。連載、単行本、ＰＲ誌、文庫、分担をかっちり決めてたら、逆にどうにもならない。全員野球でやるしかないんだ。第二は国友《くにとも》編集長の一人編集部で、俺たちも現場をやらざるを得ない。それに、俺が雑誌編集部から移ってきた十年前には、今の体制になっていた。今さらどうしろって言うんだ？」

進捗状況で言えば、一番遅れてるのは編集長や、と菰田が言った。

「PR誌の時山《ときやま》先生の連載、一枚も来てないやろ？　今週の金曜がデッドラインやって、ニュージャパン印刷から最後通告があったで。このままだと、誌面が真っ白になるかもしれんで」

作家先生はいいよな、と古田が愚痴をこぼした。

「編集者のことなんか、都合のいい女ぐらいに思ってるんだろう。オレが行くまで待ってりゃいいんだってな。女帝《じょてい》時山は催促すればヒステリーを起こすし、しなけりゃしないで〃どうせあたしの原稿なんかいらないんでしょ〃って拗《す》ねる。女流作家はやりにくいな……おい、よそで言うなよ。文芸村は狭いんだ。どこかで漏れたら殺される」

時山ミステリーがよりリアルになってええやないか、と菰田が表情を変えずに言った。小会議室を乾いた笑いが通り過ぎていった。

他に何かあるか、と古田が付箋のはみ出したファイロファックスを閉じ、わたしに目を向けた。

「春川《はるかわ》、そろそろ出る時間だろ？　新幹線、何時だっけ？」

十二時三十分東京駅発です、とわたしは眼鏡の位置を直した。ヤバいぞ、と古田が腕時計に目をやった。

「十二時まで十分もない。春ちゃん、タクシー呼んでくれ。うちの会社が京橋で助かったな……それじゃ、会議は終わりだ。何もないだろ？　ないよな？」

深町《ふかまち》先生ですけど、と中年の女性編集者が手を挙げた。

「いつものことですけど、連絡が取れません。電話にも出ないし、メールにも返信がなくて……前にも言いましたけど、やっぱりいろいろやりにくいんです。担当を代えてもらえませんか？」

亀井《かめい》女史しかいないでしょう、と機嫌を取るように古田が言った。

「深町先生が逃げ回るのは毎度のことだ。奥さんとは話したか？　どこに隠れてるか、知ってるはずだ。大方、銀座の川之上ホテルか、箱根の名月館だろう」

「奥さんも電話に出なくて――」

任せるとだけ言って、古田が立ち上がった。

「頼むよ、俺は前に揉《も》めてるから、深町さんと直接話すわけにいかない。どうして作家はあんなにワガママかねえ……自分が文化の担い手だと、勘違いしてるんだな。とはいえ、五本の指に入る人気作家だ。何としてでも捕まえろ。とりあえず、川之上ホテルに連絡したらどうだ？　何かわかるかもしれない」

やってみます、と不満そうに亀井が言った。去年四十歳になったが、年相応に顔が疲れていた。

「よし、終わるぞ」俺は春川と出張だ、と古田が小さくため息をついた。「まったく、忙しくてたまらんよ。東京には明日の夜戻る。何かあったら携帯に電話してくれ。何もないことを祈る。アーメン」

聞き飽きました、と塚本が耳に小指を突っ込んだ。わたしの背中を押した古田が、急げ、と言った。

2

座席に座った古田が買ったばかりの幕の内弁当の紐《ひも》を解き始めた。今ですか、とわたしは窓の外に目を向けた。

東京駅のホームに、東北新幹線〝はやて〟が停まっている。まもなく発車いたします、とアナウンスが流れた。

「動き出してからの方がいいと思うんですけど」

何でだよ、と古田が片手で器用に箸袋から割り箸を抜き取り、くわえて二つに割った。何でって、とわたしは窓を指さした。

「ホームから見えます。座った途端にお弁当を食べ始める人なんて、見たことがありません。欠食児童じゃないんですから――」

誰も見ちゃいないよ、と古田が幕の内弁当の蓋を開けた。

「気にする必要なんてないね。こっちは腹が減ってる。買ったんだから、この弁当は俺のものだ。いつ食ったって勝手じゃないか」

五十歳の古田が子供のようなことを言うのはいつものことだ。二十歳上だが、性格だから仕方ないと諦めるしかなかった。

発車のベルが鳴り、新幹線が動き出した。便利になったよな、と古田が半分に切った卵焼きを口に押し込んだ。

「東北ってのは、みちのくですよ。道の奥だからみちのくってわけで、東京からだと遠くてなあ……入社してすぐ、俺は販売部に配属された。担当したのは東北六県だった。二十七、八年前の話だけどな」

知ってます、とわたしはうなずいた。かつて、麻視出版には新入社員を販売部に配属する伝統があった。

社員は百人足らず、決して大きいと言えないが、創業は明治三十六年、日露戦争の前年だから、歴史だけは長い会社だ。出版社の社員が本屋のことを知らなくてどうする、と創業社長は考えたのだろう。

十年ほど前、バブル崩壊と前後して、各部署で新入社員の取り合いが始まった、と先輩社員から聞いたことがある。わたしが入社する二、三年前だ。

その頃には、販売部で流通を学んでこい、という余裕が会社になくなっていた。入社してすぐ、編集者希望だったわたしは文芸編集部に配属されたが、古田の世代だと、誰でも販売部経験があるはずだ。

「あの頃はさ、東北本線しかなかったわけよ」年寄りの昔話だけどさ、と古田が言った。「懐メロじゃないけど、上野発の夜行列車で行ったこともある。青森までだと、十四、五時間かかったんじゃないか？　行きは宮城、岩手、青森、帰りは秋田、山形、福島、そんなふうにコースを作って書店を廻《まわ》ったもんだ。一度出たら、半月ぐらい戻らなかったよ」

「寝台車ですか？」

何回かあったな、と古田が感慨深そうにうなずいた。

「風情はあるけど、車輪とレールが擦れる音とか、話し声もうるさいし、酔っ払いもいて、眠れたもんじゃない。座席も固くて、座ってるとケツが痛くなって参ったよ。今になるといい思い出だし、貴重な体験だけどな。東北新幹線が八戸まで延びたのはいつだっけ？　東京・青森間が四時間ちょっとか……便利になったもんだ。感心するしかないね」

四十歳の時、古田は長年籍を置いていた雑誌編集部から書籍編集部へ移っていた。ちょうど十年前だ。

あの頃は良かった、と古株の編集者は口癖のように言う。小説、新書、ノンフィクション、文庫、それぞれ編集部があり、自分の好きな仕事ができた。

だが、そんな悠長なことは言っていられなくなった。会議で古田が言ったように、本が売れなくなったからだ。

古田は書籍第三編集部の編集長で、ＰＲ誌〝ａｚａｍｉ〟、そして文庫編集長を兼務している。

担当している作家によって、わたしたちは月刊小説誌〝薊〟、ＰＲ誌のために原稿を取り、連載がまとまれば単行本、そして文庫を作らなければならない。

ビジネス誌の編集部が長かった古田は畑違いの文芸編集部になかなか馴染めず、作家との間でトラブルを起こしたこともあったが、持ち前の飄々《ひょうひょう》とした性格でピンチを切り抜けてきた。頭が薄くなっているので、老け顔で頑固に見えるが、融通の利く上司だ。

「三カ月に一回か二回、出張があってさ」

これ嫌いなんだよ、と古田が福神漬けを蓋の裏に移した。子供っぽいというより、その仕草は子供そのものだった。

「あの頃は地方の書店も元気があったし、マーケットとしてもそれなりに大きかった。本屋のオヤジたちも面白い人が多かったから、それはそれで良かったんだけど、移動に時間がかかるのがなあ……携帯電話もないし、ゲーム機で遊ぶ歳でもない。電車の中では本を読んでるしかなかった。学生の頃から小説は好きだったから、苦じゃなかったけどな。まあ、そうじゃなきゃ出版社に入ろうとは思わんよ」

これも昔はなかった、と古田がペットボトルのキャップを外した。

「携帯電話が普及したのは七、八年前か？　信じられんよ……あの頃の俺に言ってやりたいね。八戸まで新幹線が走るようになる、携帯で会社に電話を入れる、メールでやり取りするんだってな」

　とはいえ、こんなものはビジネスツールに過ぎない、と古田が携帯電話のアンテナを伸ばした。

「携帯電話やメールを使うのはいいけど、文芸編集者は作家と直接会って話さないとな。結局、その方が早いんだ。新人作家だと、編集者に相談したいこともあるだろう。春ちゃんはたいしたもんだよ。山科和美《やましなかずみ》か……よく見つけたな」

　偶然ですと首を振ったわたしに、謙遜なさるな、と古田がわざと古めかしい言葉で言った。

3

　山科和美はわたしより四歳下の二十六歳、二年前にデビューしたばかりの新人作家だ。

　プロフィール風に言うと、生まれは岩手県別宮《べつぐう》郡染田《そめだ》町、実家は小さな温泉宿で、高校まで染田町で暮らし、青森の私立箔王《はくおう》大学文学部を卒業後、実家に戻って両親を手伝っている。

　大学三年の秋、和美は所属していた読書サークル発行の同人誌に百枚足らずの小説を載せた。『Ｌｏｎｅｌｙ　Ｓｎｏｗ』というタイトルのその作品は、ジャンルでいうと恋愛小説になる。

　女子大生と初老の大学講師のつかず離れずの関係を描いていたが、文体が独特で、タッチこそ軽いが重厚な味わいの小説だ。

大学を卒業し、実家に戻ってから、和美は『Ｌｏｎｅｌｙ Ｓｎｏｗ』を何度も改稿した。そのたびに少しずつ枚数が増え、完成稿は原稿用紙換算で四百枚ほどの長さになった。三年前の春、彼女はそれを業界最大手の甲園《こうえん》社が主催する新人賞に応募したが、一次審査すら通過しなかった。

和美の言葉を借りると〝記念だと思って〟題名を『寂しい雪』に変えた上で、二年前の冬、自費出版専門の文分《ぶんぶん》社から最低ロットの千部で出した。

学生時代の友人に贈る分を含め、それで終わるはずだったが、出版社、書店、書評家より、読者の感覚の方が鋭かった。若者を中心に口コミで広がり、ネットで話題になった。

千部で始まった『寂しい雪』が一万部を超えたのは、発売から半年ほど経った頃だ。その後も版を重ね、一カ月前には五十万部に達していた。映画化も決まり、来年のゴールデンウィークに公開予定だ。

出版社からのオファーが和美に殺到したのは、言うまでもない。だが、彼女が選んだのは、中堅の麻視出版で、更に言えばわたしだった。

会社と関係なく、文芸編集者には横の繋《つな》がりがある。担当する作家が同じだと会う機会も増えるし、親しくなるものだ。

他社の編集者から、なぜ麻視出版なのか、どうして春川澄香《すみか》なのかと聞かれたが、種明かしをすると、わたしは和美が大学三年の時に書いた最初の『Ｌｏｎｅｌｙ Ｓｎｏｗ』を読んでいた。

彼女が小説を書いたのはその時が初めてで、わたしは最初の読者の一人だったことになる。

麻視出版に入社した八年前、わたしは今も住んでいる茗荷谷《みょうがだに》の賃貸マンションに引っ越した。近所に歯科クリニックがあり、四十代後半の女性歯科医が一人いるだけだが、腕がいいと評判がよく、子供の扱いが上手なこともあって、患者は多かった。

五年前のある日、ホワイトニングの予約を取り、待合室で順番を待っていたが、前の患者の治療が長引き、手持ち無沙汰になったわたしは受付の横にある子供向けの絵本やマンガ雑誌が並んでいる本棚にあった小冊子を手に取り、読み始めた。

その小冊子が箔王大学のサークルが出した同人誌だとわかったのは、読み終えた時だ。『Ｌｏｎｅｌｙ　Ｓｎｏｗ』は巻末に載っていた。

女性歯科医の夫は青森県出身で、箔王大の卒業生だった。読書サークルの立ち上げメンバーの一人で、年に一度発行される同人誌が後輩から送られてくるのは、後で聞いた。

目を通してから妻に渡したが、大学生の同人誌を読む者などめったにいない。とはいえ、妻も捨てるわけにいかず、クリニックの本棚に並べておくことにした。わたしがその同人誌を読んだのは、偶然に過ぎない。

だが、その時のことは、今も鮮明に覚えている。『Ｌｏｎｅｌｙ　Ｓｎｏｗ』は粗削りだが、読む者を夢中にさせる力があった。

リーダビリティが高い、というレベルではない。最後まで読まずにはいられない、中毒性のある小説、ということになるだろうか。

徹底的に感情を排した文体は欧米小説の影響も感じられたが、和美の独特な感性に因《よ》るものだ。乾いたユーモアとウエットな表現は斬新で、オリジナリティに溢れていた。

この小説を本にしたいと強く思ったが、その時点で『Ｌｏｎｅｌｙ　Ｓｎｏｗ』は百枚足らずの長さしかなかった。考えるまでもなく、百枚では本にならない。

そして、わたしは入社三年目、二十五歳の編集者だった。経験も浅く、会議でどれだけ強く推しても反対されるのはわかっていた。

若手編集者が直感だけで出した企画を通すほど、会社は甘くない。そして、常識で考えればその判断は正しい。

それでも、わたしは『Ｌｏｎｅｌｙ　Ｓｎｏｗ』を本にしたかった。麻視出版ではなく、他社でも構わないとさえ思ったぐらいだ。

だから、わたしは手紙を書いた。麻視出版の編集者と名乗り、思いつくまま感想を綴《つづ》った。あなたの小説を夢中で読んだ、素晴らしいと思った、読んでいる間、自分自身もその世界の一人になったような気がした、もっと書いてほしい、そんな手紙だ。改めて考えると、ファンレターに近い。

ただ、今の形では本にできない、とリアルな指摘もした。本にするためには、百枚ではとても足りない。

短編集にしてはどうかとも思ったが、『Ｌｏｎｅｌｙ　Ｓｎｏｗ』はもっと深く描かれるべき作品だ、とわたしは感じていた。ストーリーラインはそのままで、長編にした方がいいのではないか、と具体的なアドバイスを付け加えた。

同人誌には、サークル名と大学の住所しか連絡先が記されていなかった。その時点で、山科和美が男性なのか女性なのか、本名なのか、ペンネームなのか、それもわからなかった。手紙を書いたのは、他に連絡を取る手段がなかったからだ。

名刺を入れたその手紙を、わたしは箔王大学宛てに送った。同人誌の巻頭に執筆者一覧があり、和美が三年生で、その号で退会すると書かれていた。

どの大学でも、四年生になればサークルを辞めるのが普通で、手紙が届くのか、それさえ怪しかった。大学の学生課員がわざわざ渡しに行くとは思えない。

それでも、送らなければ気が済まなかった。どれだけ心を揺さぶられたか、伝えなければならない。わたしにとって、それは義務だった。

しばらく待ったが、返事はなかった。サークルはともかく、本人には届かなかったのだろうと思い、半年ほど経つと半ば忘れていた。

和美が『Ｌｏｎｅｌｙ　Ｓｎｏｗ』を改題したことを、わたしは知らなかった。そのため、自費出版された『寂しい雪』が若者たちの間で人気になっていると聞いても、頭の中で結び付かずにいた。

メールが届いたのは、今年の一月だった。五年前、わたしが送った手紙を和美は読んでいた。

春川さんの励ましがなければ、『Ｌｏｎｅｌｙ　Ｓｎｏｗ』を改稿しようとは考えなかった、長編が書けるとも思っていなかった、どれだけ感謝しても足らない。心のこもった文章がそこに記されていた。

彼女はわたしのアドバイスに従い、『Ｌｏｎｅｌｙ　Ｓｎｏｗ』を長編小説に直し、それを新人賞に応募した。だが、結果は得られなかった。

〝せっかく書いたのだから〟〝記念として〟自費出版した、とメールにあったが、半分は本音かもしれない。

ただ、それ以上の愛着があったのは確かだ。そうでなければ、高い金を払って自費出版するはずもない。

今から二年前、発売された『寂しい雪』は、最初のうちこそまったく売れなかったが、徐々に作品の力が読者の心を摑み、誰も予想していなかった事態が起きた。ベストセラーになり、誰もが山科和美の名前を知るようになったのだ。

メールが届き、和美とやり取りを始めた時期と、『寂しい雪』が売れ始めた時期は重なっていた。

その売れ方が異様なほどのスピードだったため、麻視出版で小説を書いてほしいと、かえって言い出しにくくなっていた。

もっと前から、わたしは彼女の才能を理解していたつもりだ。売れたから頭を下げている、と思われたくなかった。

その間、他社の編集者は和美に原稿依頼のオファーを出していた。二十社以上です、というメールが届いたのは今年の三月半ばだ。

『でも、私は春川さんのために小説を書きたいと思っています』

メールの末尾にその一文があり、わたしはすぐに電話を入れた。番号は知っていたが、かけたのはその時が初めてだ。

二時間以上、わたしたちは話した。会ったこともなく、顔さえ知らないけれど、わたしたちは作家と読者であり、作家と編集者であり、同志でもあった。

『寂しい雪』の舞台は青森県の弘前だが、新作では岩手にしたいと彼女は言った。わたしも賛成だった。

知らない土地を描くより、間違いなく作品の密度が上がる。一年目の文芸編集者でも、同じことを言っただろう。

『寂しい雪』は登場人物の少ない小説だ。女子大生とその友人、母親、そして大学教授だけだった。

和美なら多彩な人物を描けるだろうし、魅力的なキャラクターを生み出せるはずだ。それを伝えると、大学生の群像劇を考えていると彼女は言った。プロットを聞いただけで、面白くなるとわかった。

独特な文体によって、リアルさを感じさせるのが山科和美の魅力で、会話ではよりそれが生きる。群像劇は彼女の持ち味が発揮できるスタイルだ。

「代表作を書いてください」

迷うことなくわたしは言った。必ずそうなる、という予感があった。

会社の企画会議を通すのは簡単だった。その頃『寂しい雪』は二十万部を超えていたし、どこの出版社でも原稿を欲しがっていた。反対する理由はない。

『オージナリー・ピーポー』と仮タイトルのついたその小説の前半、約二百五十枚が六月の頭に届き、わたしは古田とそれを読んだ。こりゃ大変だ、と叫んだのは古田だった。

岩手県の花巻市をモデルとした町を、登場人物たちが生き生きと駆け回り、コミカルな気配をまといながら、どこか哀愁が漂っている魅力的な小説だった。興奮した古田が大騒ぎしたのも無理はない。

その後、八月に続きの百枚が送られてきた。予定では最後の章を十月頭に書き終えることになっていたが、相談の電話が入ったのは九月末だった。

設定にミスがあり、そのために話をまとめ切れずにいるという。ベテラン作家でもよくあることだ。

そして、彼女が悩む気持ちはよくわかった。デビュー作がベストセラーになったので、プレッシャーもあっただろう。

完璧な作品を書かなければならないと考えてしまうのは、新人作家なら誰でも同じだ。

ただ、重層的な構成の『オージナリー・ピーポー』は、ひとつの場面を直すと、そこに繋がる場面、あるいは人物を変更しなければならない。バランスが難しいタイプの小説だった。

編集者が違う視点から意見を言うと、問題が解決することがある。ただ、電話やメールではニュアンスを伝えにくい。

十月の初め、友人の結婚式に出席するため東京に来た和美と会い、ホテルのカフェで三十分ほど話したが、それで済むはずもなかった。岩手へ行き、じっくり話した方がいいと思ったのは、彼女と別れた後だ。

いずれにしても、一度は編集長を紹介しなければならないし、できれば会社を案内したいぐらいだったが、父親の体調が悪いので、しばらく東京に行けないと連絡が入った。結婚式もその日のうちに帰ったと聞いていたし、編集者が出向くのが筋なのは言うまでもない。

古田に相談すると、一も二もなく賛成した。和美の才能に期待していたからで、編集長と担当者が実家まで行けば誠意をアピールできる、という考えもあったのだろう。

和美と話し、十一月十七日に行くと決めた。そして今、わたしと古田は新幹線で一路岩手を目指していた。

4

上野駅を出た時、早寝早飯早糞《はやぐそ》も芸のうち、と古田が弁当箱を紐で結んだ。下品ですと言ったが、そうかね、と肩をすくめただけだった。

「とにかく、春ちゃんのおかげでしばらく安泰だ」

くわえた煙草に、古田が喫茶店の剝ぎ取りマッチで火をつけた。硫黄の匂いが鼻をついた。

「年内に第一稿が完成すれば、春には出せるだろ？　このところ、ヒットを打ってなかったから、肩身が狭かったんだよ」

売れる保証はありませんと言ったわたしに、クールですなあと古田が笑った。

「そんなことないって。この業界、二匹目のドジョウはいるもんだ。『寂しい雪』は五十万部を超えたと聞いてるけど、半分とは言わない。でも、五万は固いよ。ハードカバーの小説で五万売れたら、表彰もんだ。プレッシャーをかけてるわけじゃないけど、とにかく春ちゃんは原稿の取り立てに専念してくれ」

「サラ金みたいに言わないでください」

それぐらいの気持ちでやってくれってことだ、と古田が煙を吐いた。

「今回、おれは挨拶要員に過ぎない。明日の夕方には東京に戻らにゃならん。春ちゃんは残って、話を詰めてくれ。一応金曜までだけど、週明けの月曜に出社してくれればいい」

「土日も働けってことですか？」

わかりが早くて助かる、と古田がうなずいた。

「申し訳ないと思ってる。でもさ、山科和美を捕まえるには、それしかないだろ？　作家は専属制じゃないし、いずれは他社でも書くさ。本人のためにも、その方がいい。ただ、春ちゃんが彼女を見つけたのは本当で、よその編集者より立場は上だ。そのアドバンテージを使わない手はない」

和美は自費出版を専門にしている文分社から『寂しい雪』を出している。だが、ベストセラー作家になった今、自ら金を払って本を出す必要はない。

『寂しい雪』でデビューしているが、その時点ではアマチュアだった。プロ作家としては、麻視出版からデビューすることになる。関係が深くなるのは、出版界の常識だ。

わたしと彼女は年齢も近く、毎日のようにメールでやり取りし、週に一度は電話で話していた。他社の編集者より距離は近い。

心中するつもりでやれよ、と古田がステンカラーコートを毛布代わりに体にかけた。

「編集者としてチャンスだとか、そんなケチな話じゃない。彼女はこれからどんどん伸びるだろう。俺だって、それぐらいわかるさ。そういう作家のデビューに立ち会えるのは、運や努力だけじゃなく、縁があったからだよ。うちの規模の出版社だと、十年に一回あるかどうか……

説教臭い話になったけど、縁は大事にしないとな」

うなずくしかなかった。出版に限らず、どんな仕事でもそうだろう。

「彼女は二十六歳だっけ？　美人らしいじゃないか。どんな感じだ？」

「山科さんは作家です。ルックスは関係ないでしょう」

古いことを言うね、と古田が肩をすくめた。

「蔵の中で蠟燭《ろうそく》を立てて書いたのは江戸川乱歩だっけ？　そんなの、戦争中の話だ。平成十五年だぜ？　作家自らがメディアに出て、宣伝したっていい。若くて美人なら、テレビ局だって放っておかないさ。作家のプロデュースも編集者の仕事だよ。武器があるなら、使わないと損だ。そうしろと言ってるわけじゃないが――」

新幹線がスピードを落とし、大宮駅に停まった。向いていないと思います、とわたしは言った。

「会えばわかりますけど、彼女はピュアで、きれいな女性です。その辺の女優やアイドルなんか、足元にも及びません」

「だったら、余計に――」

初めて会った時、驚きました、とわたしは眼鏡のレンズを布で拭った。

「天は二物を与えるんだな、不公平だって思ったぐらいです」

「春ちゃんだってきれいだよ」

からかうような物言いに、全然違います、とわたしは首を振った。

「何て言えばいいのか……童顔ですけど、女性らしい雰囲気があります。生成りの麻の服が似合うタイプと言えばわかりますか？　わたしみたいに黒っぽい服しか着ない女とは正反対で、性格も穏やかで素直ですから、誰かの悪口を言うなんて、想像もできません。口を開けば文句ばかりのわたしとは大違いです」

そこが春ちゃんの持ち味でしょうに、と古田が片目をつぶった。

「クールビューティでいいじゃない。宣伝の伊関《いせき》とはどうなった？　付き合ってるんだろ？」

冗談が過ぎます、とわたしは古田を睨《にら》んだ。

「悪い癖ですよ。伊関くんとは何度か飲みに行っただけです。噂を流してるのは、同じ宣伝部の粕谷加代子《かすやかよこ》で、彼女は伊関くんに好意を持ってるからそんなことを言ってるんです。わたしには付き合ってる人がいますし――」

誰なんだ、と古田が取り出したティッシュで鼻をかんだが、答えはなかった。上司でも、わたしのプライベートに介入する権利はない。

まあいいか、と古田が苦笑した。

「それより、メディアに向いてないってどういう意味だ？」

彼女が東京に来た時、三十分だけ会いましたとわたしは言った。

「おとなしくて、引っ込み思案な人です。話すのは小説のことだけで、消極的な性格なんだと思います。テレビに出て、自作の宣伝ができるタイプじゃありません」

無理に勧めたわけじゃない、と古田がコートを頭からかぶった。

「そういうプロデュースもありだろうって言っただけだ。つんけんすることはないだろう……なあ、寝ていいか？　着いたら起こしてくれ」

いびきの音が聞こえた。狸寝入りなのはわかっていた。

5

東京駅を出て二時間半、いわて沼宮内《ぬまくない》駅で下車した。駅舎こそ立派だが、ホームに人はほとんどいなかった。

えらく寒いな、と古田がマフラーで顔を巻いた。

「スーツにステンカラーコートで来たのは失敗だった。東京とは寒さの質が違う」

午後三時、空には分厚い雲がかかっていた。風が冷たいですね、とわたしは小型のスーツケースの上にトートバッグを載せた。

「ここからナントカ線に乗り換えるんだろ？」

岩手銀嶺《ぎんれい》鉄道です、と会社でプリントアウトしていた路線図をトートバッグから取り出した。

横須賀出身のわたしは、岩手県そのものが初めてだった。いわて沼宮内という駅も、和美のメールで知ったぐらいだ。

新幹線の改札を抜け、表示に従って通路を進むと、八戸方面というプレートが見えた。

「七つ目の染田駅の改札で待ち合わせています。山科荘までは車で三十分ほどだそうです」

田舎あるあるだな、とうんざりしたように古田がぼやいた。

「染田駅まで、一時間半ぐらいかかるんだろ？　そこからまた車で三十分……電車の待ち時間を考えたら、東京に戻る方が早いんじゃないか？」

そんなに待たずに済みます、とわたしは言った。

「岩手銀嶺鉄道は東北新幹線と連絡しているんです。ただ、一本乗り過ごすと、次の列車は一時間後ですけど」

それも田舎あるあるだ、と古田がため息をついた。

「東京の感覚でいると、とんでもないことになる。五、六年前、和歌山でえらい目に遭ったよ。作家とバスで取材に行くことになってたんだが、バス停の時刻表を見たら、朝七時と夜七時の二本しかなくて、あれには参ったね」

自動販売機で切符を買い、ホームに向かうと、そこに三両編成の列車が停まっていた。乗客は数人だけだ。

対面式の座席だ、と嬉《うれ》しそうに古田が手を叩いた。

「何かいいよな、いかにもって感じでさ……迎えに来てくれるそうだけど、タクシーで行った方がいいんじゃないか？」

そう言ったんですけど、とわたしはスーツケースを空いていた隣の席に置いた。

「バスもタクシーも走ってません、と笑ってました。彼女の実家は旅館なので、送迎はいつものことですと言ってました」

好意に甘えるか、と古田がうなずいた時、発車ベルが鳴り、列車が動き出した。すぐ長いトンネルに入り、五分ほど走ると前方に光が見えてきた。

川端康成だな、と古田がつぶやいた。

「国境の長いトンネルを抜けると雪国であった。夜の底が白くなった……『雪国』の冒頭だ。高校の時に習ったが、忘れないもんだな」

国境は越えていません、とわたしは窓を指で叩いた。

「雪も降ってませんし……」

ニュアンスだよ、と古田が鼻をすすった。

「春ちゃんには冗談が通じないのを忘れてた。結構な勾配だな。どんどん山に入っていくけど、彼女の実家は温泉宿なんだろ？　山の上で温泉なんか出るのか？」

東京で会った時、古い旅館だと話していました、とわたしは言った。

「四部屋だけの小さな宿だそうです。ネットで調べましたが、染田は昭和の初めまで湯治場として有名だったみたいですね。戦前は何十軒も温泉宿があったようですけど、交通の便が悪いこともあって、だんだんと少なくなり、山科荘は最後の一軒だと彼女のメールに書いてありました」

「四部屋ね……染田なんて、聞いたこともない。やっていけるのかね？」

県外からもお客さんが来るそうです、とわたしは手帳を開いた。

「リューマチや神経痛に効能がある、という説明を読みました。今週も予約が入ってたそうですけど、二部屋なら空いてますと和美さんから連絡があったので、とりあえず押さえてもらったんです」

先週の金曜だったな、と古田が腕を組んだ。

「もっとも、早いに越したことはない。先約があるから、俺はひと晩だけだが……見ろよ、長閑《のどか》だよな。見渡す限り畑しかない。ニッポンの秘境ですな」

走っている列車の両側に、広大な畑が広がっていた。収穫期が終わったのか、茶色の土肌が見えた。

「ビールぐらいは飲めるんだろ？」

聞いてません、とわたしは手を振った。

「でも、旅館ですから、お酒はあるでしょう。一日三食付きだそうですけど、味は保証しますと言ってました」

珍しいよな、と古田が煙草をくわえた。

「普通、旅館は朝と夜だけだろ？　もっとも、観光地ってわけじゃない。一日中温泉に浸かって、のんびり過ごす……いいねえ、定年になったら、そういう暮らしがしたいもんだ」

編集長には無理でしょう、とわたしは言った。良く言えば好奇心旺盛、悪く言えば落ち着きのない人だ。一日で飽きるだろう。

列車が染田駅に着いたのは、五時過ぎだった。無人駅で、改札を出たのはわたしたち二人しかいなかった。

人気《ひとけ》がないな、と古田がつぶやいた。駅の正面に小さな薬局があるだけで、他に店はない。ゴーストタウンのようだ。

すぐに、大型のワゴン車が近づいてきた。ボディに山科荘とペイントがあった。

目の前で停まったワゴン車の運転席から、和美が降りてきた。長めのデニムのスカート、白いニットのセーターの上に、ダッフルコートを着ている。その姿は女子大生のようだった。

お久しぶりです、とわたしは頭を下げた。遠いのにわざわざすみません、と和美が言った。

編集長です、と古田を紹介すると、お疲れでしょう、と和美が白い頰に強張った笑みを浮かべた。緊張しているようだ。

「山科和美といいます。春川さんにはお世話になっていて……」

とんでもありません、と古田が膝まで頭を垂れた。

「挨拶が遅れましたが、編集長の古田でございます。いいところですね、静かで落ち着きます。

空気もおいしいし、こういうところに住みたいと常々思っていたんですよ」

古田が差し出した名刺を、和美がダッフルコートのポケットにしまった。

「寒いですから、車へどうぞ。三十分ほどで着きます」

和美が後部席のドアを開け、古田が先に、わたしは後から乗り込んだ。運転席に回った和美がシートベルトを着けた。

「運転には自信がないです。兄が来るはずだったんですけど、急用ができて……」

お兄さんがおられるんですかと言った古田の脇腹に、わたしは軽く肘を当てた。

「話しましたよね？　七歳上のお兄さんがいるって……盛岡のアパレルに勤めていたそうですけど、和美さんのお父さんが体調を崩したこともあって、実家へ戻ったと聞きました」

三年になります、と和美が言った。

「今は父に代わって、旅館の仕事をしています」

その方ですか、と古田がダッシュボードの写真を指さした。五十代後半の男女に挟まれ、和美と三十歳ぐらいの背の高い男性がピースサインを出していた。

写真の下に、２００３／１１／１６と日付が入っていたが、昨日撮ったようだ。両端の男女が和美の両親なのは、考えるまでもなくすぐわかった。

おい、と古田がわたしの耳元で囁《ささや》いた。

「とんでもないイケメンじゃないか。ファッションモデルみたいだ」

七歳上の兄、奏人《たくと》のことは和美から聞いていた。ただ、顔を見るのは初めてだ。とんでもないイケメンと古田が言ったのは、誇張でも何でもない。それどころか、足りないぐらいだ。これほど美しい男性を、わたしは知らなかった。

身長が高く、痩せ型で手足が長い。ストレートの黒髪を長く伸ばし、頭の後ろで結わえているようだ。

モデルみたいだ、と古田が陳腐なフレーズを使ったが、そうとしか言えないほど整った顔立ちだった。

和美の七つ上だから三十三歳だが、二十代後半と言われてもうなずいただろう。中性的な顔立ちは、ヨーロッパの宗教画で描かれる天使のようだった。

宗教画を連想したのは、ストイックな表情のためもある。強引に言えば、アスリートと高僧が同居する顔ということになるだろうか。

以前、家族仲がいいと和美が話していたが、前日に撮った家族写真を車のダッシュボードに貼っているのは珍しいだろう。アメリカ人のようだと思ったが、それは言わなかった。

和美がアクセルを踏むと、ワゴン車が走りだした。古いのか、排気音が独特で、蒸気機関車のようだった。

美男美女だ、とまた古田が囁いた。

「春ちゃんが言った通り、山科さんもきれいだな。そんじょそこらのタレントじゃ、足元にも及ばんよ。ちょっと古風で、昭和の銀幕スタアって感じだ。いや、違うか。そこまで派手じゃないな」

岩手は初めてですか、と和美がバックミラーの位置を直した。いえ、と古田が如才ない笑みを浮かべた。

「来る途中、春川にも話したんですが、私は若い頃販売部という部署で東北を担当していました。一関《いちのせき》、釜石、花巻、盛岡、他にもいろいろ回りました。ただ、染田町は来たことがなくて……」

本屋がありませんから、と和美が言った。

「わたしが中学生の頃までは、一軒あったんですけど、それもなくなってしまって……マンガ雑誌を買うために、隣町まで行ってたぐらいです。静かなのだけが取り柄の町なんです」

地方の書店はどこも厳しいですからね、と古田がうなずいた。

「私が担当していた店も、半分は廃業ですよ。最近は郊外型と言いますか、幹線道路沿いに出店するチェーンが増えてます」

染田だとそれもなくて、とミラー越しに和美が微笑《ほほえ》んだ。

「仕方がないので、ずっと町営図書館に通ってました。そうだ、去年の始め、染田町の西にある矢代《やしろ》町の大通りに本屋さんができたんです。でも、車じゃないと行けなくて……」

国道を走っていたワゴン車が細い道に入っていった。街灯もない一本道だ。両脇で薄が揺れている。

十分ほどその道が続くと、前方に明かりが見えてきた。舗装されていない道に出たワゴン車がカーブを右に曲がると、赤いトタン屋根の古い二階建ての建物が立っていた。長年雨風に晒《さら》されていたためか、外壁がすだれのようになっている。

山科荘専用、と木の看板が金網にかかっていた。その前にワゴン車を停めた和美がエンジンを切った。

車を降りると、建物の玄関前に白髪の目立つ女性が立っていた。和美の母親だとわかり、お世話になります、とわたしは頭を下げた。

6

玄関で靴を脱ぎ、スリッパに履き替えた。長い廊下の左右に二つずつ部屋があった。

「左側の部屋にはお客様がいらっしゃいます」

小声で言った母親が、二本の鍵を差し出した。

「奥が桐《きり》の間、手前が赤松の間ですけど、どちらになさいますか？」

手前の部屋を、と古田が〝赤松〟と刻印された鍵を取った。

「今回、私はご挨拶に伺っただけで、明日の午後には東京へ戻らなければなりませんので……

春川、奥の間の方が落ち着くだろ？」

一階が客室で、二階が山科家の住居なのは、和美に聞いていた。打ち合わせはわたしの部屋ですることになっていたので、奥の方がいいです、とうなずいた。

ではお部屋へどうぞ、と母親が頭を下げた。

「お茶の用意をしてありますから、ごゆっくりおくつろぎくださいませ。夕食ですけど、何時にいたしましょうか？」

そろそろ六時か、と古田が腕時計に目をやった。

「七時で構いませんか？　春川、いいよな？」

わたしは横に顔を向けた。和美が小さくうなずいた。

「電話でもお伝えしていますが、夕食は和美さんと一緒にと思っています。いろいろ話もありますし……」

聞いています、と母親が笑みを浮かべた。私も、と古田が手を挙げた。

「山科先生のお話を伺いたいと思っていまして、三人で食事ができるとありがたいんですが」

それでは桐の間に夕食のお膳をお運びします、と母親が言った。

わたしはスーツケースを持ったまま、桐の間のドアを開けた。泥棒などいるはずもないから、鍵をかける意味があるとは思えないが、何かあった時のために、宿としては必要なのだろう。

十畳ほどの和室だった。床の間と濡《ぬ》れ縁《えん》がついている。床の間の前に、炬燵《こたつ》が置かれていた。

本来は二人用の客室だろう。湯治に訪れる老夫婦の姿が頭に浮かんだ。

山科荘に泊まることにしたのは、和美に勧められたからだ。近くにホテルはないし、実家が旅館なのだから、泊まってくださいと勧められるまま、部屋を取ってもらった。

当たり前だが、宿泊代は支払う。これから仕事をする相手だから、けじめはつけなければならない。

洗面台で手を洗い、畳の上にあった魔法瓶の湯を急須に注いだ。温かいお茶を飲むと、少し落ち着いた。

炬燵に足を入れると、掘り炬燵だった。エアコンがついているので、部屋は暖かい。

畳も新しく、掃除が行き届いていた。リピーターが多いのもわかる気がした。

床の間の前に浴衣と丹前が用意されていた。着替えた方がいいのかもしれないが、浴衣姿はどうなのか。

着ていたのは黒のパンツスーツで、とりあえずコートと上着を押し入れのハンガーにかけた。

着替えは持ってきたし、ラフで動きやすい服もあるが、仕事のために来ているのだから、今夜はこのままでいいだろう。

内風呂とトイレがないのは、事前に聞いていた。客は庭の露天風呂に入る。宿のセールスポイントなので、内風呂をつけていない、と和美のメールにあった。

急須に湯を注ぎ足すと、土瓶敷きの下に赤い封筒があった。

『この度はお出でいただき、まことにありがとうございます。ご自分の家と思って、お過ごしください。家族としておもてなしさせていただきます。山科』

入っていた和紙の便箋に、手書きの文字が記されていた。ホテルにある〝支配人からの手紙〟と同じで、各部屋にウェルカムメッセージを置いているようだ。

濡れ縁のガラス窓から外を透かして見ると、辺りは真っ暗だった。露天風呂は男女兼用で、朝六時から夜十二時まで、予約を入れておけば何時でも入れると聞いていた。源泉掛け流しの温泉は、わたしのひそかな楽しみだった。

もっとも、部屋から見える位置にあれば、囲いがあっても視線が気になるだろう。露天風呂は建物の裏手、庭の奥にあるようだ。

いきなり、目の前で大きな音がした。勢いよくガラス窓にぶつかった何かが甲高い声を上げ、下に落ちていった。

突然のことに、思わず一歩下がったが、おそるおそる窓に近づくと、黒い染みと赤い点がいくつかついていた。

下に目をやると、大きなカラスが痙攣《けいれん》するように足を震わせていたが、窓を開けると逃げるように飛び立っていった。

「春ちゃん、いいか?」

ノックの音がした。ドアを開けると、浴衣の上から丹前をはおった古田が立っていた。

「何だよ、着替えてないのか？　温泉宿だぞ？　裸の付き合いじゃないけど、胸襟を開くって言うだろ？」

どうなんでしょう、とわたしは肩をすくめた。

「そうかもしれませんけど、来た早々いきなりというのは……」

春ちゃんは真面目だよな、と部屋に入ってきた古田が炬燵に足を突っ込んだ。

「長所だけど、短所でもある。そんなに気を張ってたら、疲れちまうぞ。作家と編集にとって一番大事なのは信頼関係だ。担当になったんだから、すべてをさらけ出すつもりでいなけりゃ信用されない。とはいえ、言われてみるとさすがに浴衣はまずいか。最初だし、ワイシャツにスラックスの方が無難かなあ……どうした？　顔色が悪いぞ」

カラスが飛んできたんです、とわたしが濡れ縁のガラス窓を指さした。

「凄い勢いでぶつかって、足を痛めたみたいでした。いきなりだったので、驚いてしまって……」

こんな田舎だ、と古田がもうひとつの湯飲みにお茶を入れた。

「カラスだって虫だって飛んでくるさ。部屋の明かりに釣られたんだよ。なあ、知ってたか？ここは圏外なんだな」

「そうなんですか？」

古田が丹前の懐から携帯電話を取り出し、わたしに向けた。圏外、という小さな文字が画面の隅にあった。

「参ったね、これまた田舎あるあるだ。基地局がないんだな。トイレの脇に黒電話があったから、会社に電話したんだが、いたのは塚本だけで、他の連中は菰田が飯に連れてったとさ。まったく、俺がいなけりゃ編集長気取りか？」

そんなことはないと思いますと言ったわたしに、なくはないさ、と古田が顔をしかめた。

「菰田はなあ……あいつ、俺のことが気に入らないんだよ。見てりゃわかるだろ？　歳は同じだし、文芸編集部はあいつの方が長い。どうして自分が副編なんだと思ってるんだ。俺が手を挙げたわけじゃないし、編集長なんかストレスが溜《た》まるだけで、やりたくないよ。代わってほしいぐらいだ」

古田と菰田の関係は良くなかった。仕事以外で話しているのを見たことはない。

古田はあまり他人の悪口を言わない男だが、出張先ということもあって、気が緩んでいるようだ。

金曜まで春ちゃんはここにいるだろ、と古田がくわえた煙草に火をつけた。

「文芸編集部に緊急事態なんてめったにないから、毎日連絡しろなんて言わないが、万が一、山科和美とトラブったら、その時は電話してくれ」

ないと思います、とわたしは言った。和美とはずっとメールや電話で連絡を取り合っている。作家と編集者というより友人同士に近いから、古田のフォローは不要だろう。

そんな受け答えだと損するぞ、と古田が下唇を突き出した。

「新幹線でクールビューティと言ったが、ビューティよりクールの方が勝ち過ぎるのもな……愛嬌を振り撒《ま》けとは言わないけど、愛想がないといろいろうまく回らなくなる。世の中、そんなもんだ」

愛想で仕事をするつもりはありませんと首を振ったわたしに、そういうところだよ、と古田が真顔になった。

「春川澄佳は優秀な編集者だ。真面目で、努力家で、仕事熱心だし、ミスなんかほとんど見たことがない。全幅の信頼を置いてると言ってもいいぐらいだが、木で鼻をくくったような言い方をされたら、こっちもどうしていいのかわからん。頑張りますとか、それぐらいの返しをしたって、バチは当たらんだろう」

女子大生じゃないんです、とわたしは言った。

「わかりましたあ、頑張りまーす、間違えちゃったあ、そんなことは言えません。手を抜いたり、適当にやったり、女を使った仕事ができる性格でもないですし……」

もうちょっと融通を利かせろよ、と古田が両手を前に出した。

「車のハンドルにだって、遊びってもんがある。右、左、ちょっとぐらい傾けたって大丈夫だ。春ちゃんみたいに毎日切羽詰まった顔してたら、何かあった時、でかいダメージを食らうぞ……まあいい、つまらん話は止めよう。山科和美には守ってやりたい気にさせるところがあるな。学生の頃はモテただろう」

　さあ、とわたしは首を傾げた。そこまで彼女のプライベートに踏み込んではいない。

　兄貴もだ、と古田が薄くなった頭頂部に手を当てた。写真で見た奏人の顔が頭に浮かんだ。

「今じゃ産毛しか生えてないけど、これでも中学生の頃は女子から人気があったんだ。嘘じゃないぞ、バレンタインデーには机の中にチョコがぎっしり詰まってたもんだ。輝ける栄光の日々があったんだよ。だけど、あの兄貴はそんなレベルじゃない」

　写真で見ただけでしょうと言ったわたしに、実物はもっとだろう、と古田が言った。

「クラスどころか、下手したら近所の学校にもファンがいたかもしれん……ビョルン・アンドレセンって知ってるか？」

　知りませんと言ったわたしに、ジェネレーションギャップだと古田が呻《うめ》いた。

「春ちゃんの世代だと『ベニスに死す』は観てないよな。とんでもない美少年でさ、女の子はみんな憧れてた。だけど、映画雑誌で人気投票をやると、票が集まらない。何でだと思う？あまりに美し過ぎて、手が届かない存在だったからだ。あの男にもそういうところがある。美青年は美青年で大変なんだよ」

「栄光の時代があった編集長には、それがわかるんですね？」

　わたしの冗談に、元美少年だからな、と古田が胸を張った。

「そうそう、そんな感じでいればいいんだ。書けないと悩んでいる作家に、頑張りましょうと言っても無駄だ。頭がカチカチになってるんだから、必要なのは気分転換だよ。もう八割方完成してるんだから。頭が切り替われば一気に筆も進むさ」

「そう思います」

もうひとつ、と古田が顔を寄せた。

「第三作もうちで書くように頼んでおけ。本人も書きたい話があると言ってるんだろ？」

まだ詳しいことは聞いてませんが、男女間の友情がテーマだと話してました、とわたしは言った。

「男女の間に友情は成立するのか……昔からあるテーマですけど、山科さんなら新しい要素を盛り込んでくれると思います」

連載にしよう、と古田が指を鳴らした。

「月刊薊の国友編集長に話す。断りゃしないよ。『オージナリー・ピーポー』は書き下ろしだけど、連載なら縛りにもなる……なあ、やっぱり着替えた方がいいか？　それとも、春ちゃんが浴衣と丹前にするか？」

ほぼ初対面です、とわたしは言った。

「編集長の言いたいことはわかりますけど、やっぱり浴衣はまずいんじゃないでしょうか」

じゃあ着替えてくる、と古田が部屋を出て行った。動きが早いのはいつものことだ。

部屋が静かになった。和美とどう話せばいいのか、とわたしは目の前の湯呑みを見つめた。

友人同士に近いと言っても、友人ではない。メールや電話で『オージナリー・ピーポー』について話し合っていたが、彼女のプライベートな部分はよく知らなかった。

今日から金曜まで和美に張り付くが、小説の話だけをしているわけにはいかない。それこそ煮詰まってしまうだろう。

世間話や雑談を織り交ぜなければ、話は続かない。ただ、共通の話題があるのか、そこはわかっていなかった。

どちらかと言えば、わたしは他人と話すのが苦手だ。仕事という媒介があれば、作家とも話せるが、担当外の作家だと、無口になってしまう。

今回、古田が来たのは、和美への挨拶のためだが、わたしのフォローということもあった。出版社のパーティで壁の花になっているわたしを何度も見ているから、不安だったのだろう。

ただ、和美もわたしと同じで、お喋《しゃべ》りが得意なタイプではない。似た者同士と言っていい。要するに人見知りなだけで、慣れてしまえばコミュニケーションを取るのも難しくないはずだ。

部屋を出ると、壁にＴＯＩＬＥＴと矢印があった。そこだけはなぜか英語だった。

薄暗い廊下を進むと、男性用トイレの前に男が立っていた。わたしと目が合うと、こんばんは、と頰に笑みを浮かべた。

「麻視出版の春川さんですよね？　和美の兄の奏人です。妹から話は聞いています。わざわざ来ていただいて、ありがとうございます」

初めまして、とわたしは頭を下げた。緊張している自分がいた。

写真より、奏人は遥《はる》かに美しかった。男性に向かって美しいという表現が正しいのか、それはわからないが、他に形容する言葉が見つからなかった。

「和美の運転は荒かったでしょう?」すいません、と奏人が笑みを濃くした。「本当はぼくが行くはずだったんですけど、いろいろあって……今から夕食ですよね? ぼくは用事があるので、ここで失礼します」

うなずくだけで、まともに返事もできなかった。外見で人を判断する歳ではないつもりだが、それほど奏人は美しかった。

トイレで用を足し、部屋に戻ると、失礼いたしますという声と共にドアが開き、大きな膳を両手で抱えた母親が部屋に入ってきた。

「少し早いですけれど、夕食の準備を……よろしいですか?」

お手伝いしますと立ち上がると、今日はお客様ですから、と母親が大きな土鍋とカセットコンロをセットした。

「どんこ鍋といって、岩手の郷土料理ですけど、冬の名物で体が温まります」

手早くコンロに火をつけた母親が、膳部をわたしの前に置いた。戻ってきたワイシャツ姿の古田が、鍋はいいですね、と軽く手を叩いた。

二章　山科荘

1

規模で言うと、山科荘は旅館というより民宿に近かった。部屋は四つだけ、満室でも八人しか泊まれない。

だが、もてなしは手厚かった。次から次へと小鉢が目の前に並び、炬燵の上は満員電車のようになっていた。

料理はすべて母親が作ると和美に聞いていたが、どれも手が込んでいて、見た目も美しかった。

普通の民宿では、ここまで料理に力を入れない。それを考えると、やはり旅館と呼ぶべきだろう。

「いや、凄いですね」

古田が目を丸くした。わたしも同じで、驚くしかなかった。

「お母様がお作りになられてるんですよね？　大変でしょう。時間がかかるんじゃありませんか？」

古田には臆面もなくお世辞が言える特技がある。二重敬語でも何でもありで、誰が相手でも誉め言葉の集中砲火を浴びせ、その場の雰囲気を一気に和ませる。

腰が低いに越したことはないというのが古田の口癖で、編集者として正しい姿勢だとわたしも思っていた。ただ、この時の賛辞はおべんちゃらでも追従でもなく、本心から出たものだった。

田舎料理ですと母親が謙遜したが、これだけの料理はなかなか並ばないだろう。まるで結婚式の披露宴だった。

「お母様は専門のお店で働いていたんでしょうか？」

細長い器に盛られた三種の先付けに、きれいですね、と古田が箸を伸ばした。

「出版社に勤めておりますと、たまにとんでもない高級店へ行く機会があります。作家の接待ですが、そういうところに勝るとも劣らないと申しますか、眼福としか言いようがありません」

さすがに誉め過ぎではないかと思ったが、そんなことは言わないのが編集者の心得だ。

「とんでもありません。お粗末な料理ばかりで」恥ずかしいです、と母親が笑みを浮かべた。

「皆さまの健康を祈って、作らせていただきました。ビールをお注ぎしましょうか？」

いえいえ、と古田が栓抜きで瓶ビールの王冠を叩いた。

「自分でやります。私はてっきりご主人が……失礼しました。体調を崩しておられるそうですが、つまり、その……」

日によって体調に波があります、と母親が言った。

「心臓がお悪いと春川に聞きましたが……」

声を低くした古田に、そうです、と母親がうなずいた。

「しばらく前に心筋梗塞で倒れて、それから無理が利かなくなって……本当でしたら、主人がご挨拶申し上げるべきだとわかっていますが――」

とんでもありません、と古田が首を振った。

「心筋梗塞は怖いですよね。私の先輩も二年前に発作を起こして、一時は危険な状態だったと後で聞きました。もっとも、今は仕事に復帰しておりますし、元気で働いています。ご無理なさらず、静養していただければと思います」

グラスにビールを注いだ古田が、春ちゃんもどうだ、と瓶の先をわたしに向けた。いただきますと言ったが、アルコールに弱いので、一杯飲むのがやっとだった。

「すぐに和美が参りますので、お先にどうぞ」

母親がテーブルのカセットコンロに火をつけ、失礼します、と部屋を出て行った。他の皿は美しい懐石料理だが、その鍋だけが浮いていた。

どんこって何だ、と古田が鍋を覗《のぞ》き込んだ。

「いい匂いだ……みそ鍋だな」

深海魚です、とわたしは言った。

「前に山崎《やまざき》先生の家で新年会があった時、奥様がふるまってくれたのを覚えています。正確な魚の名前は忘れましたけど、岩手名物だと山崎先生が自慢していました」

あの人も岩手の出だったな、と古田がうなずいた。

「深海魚と聞くと、ちょっとあれだけど、魚なんて切り身になったら何でも同じだよな。味噌の香りが何とも言えん……具材を入れていいか？」

白身魚の切り身と、同じ大きさにカットされた野菜が、竹の笊《ざる》に並んでいる。まだ早いですよ、とわたしはドアに目を向けた。

「和美さんが来てからにしましょう」

言い終わらないうちに、失礼します、と細い声が聞こえた。古田がドアを開けると、立っていた和美がぺこりと頭を下げた。

駅で会った時と同じデニムのスカート、白いニットセーター姿だが、上から赤い格子縞《こうしじま》の半纏《はんてん》をはおっていた。ほとんどノーメイクのその顔は、十代に見えるほど子供っぽかった。

どうぞお入りください、と古田が空いていた上座に和美を座らせた。

「いや、よくお似合いです。なあ、春ちゃん、宮沢賢治の世界から抜け出してきたみたいじゃないか」

宮沢賢治も岩手出身の作家だ。あまり読んだことはないが、『よだかの星』は小学校の推薦図書だったし、童話を書いていたのも知っている。古田が言うように、和美が童話に出てきても違和感はない。

「ええと、山科先生はビールでよろしいですか？」

駄目なんです、と和美が頭を下げた。

「一滴も飲めなくて……わたしのことは気にしないで、編集長は飲んでください」

わたしは急須にポットの湯を注ぎ、小ぶりな湯呑み茶碗を和美の前に置いた。

それでは、と古田がグラスを手にした。

「お忙しいところ、時間を割いていただき、ありがとうございます。春川がいろいろ迷惑をおかけしているかと思いますが、今後ともよろしくお願いします」

とんでもありません、と和美が座り直した。

「わたしの方こそ、わざわざこんな田舎まで来ていただいて、ありがたく思っています。春川さんには助けられてばかりで、迷惑をかけているのはわたしの方です」

何はともあれ、と古田が正座した。

「とりあえず乾杯しましょう。春ちゃん、何か言えよ」

『オージナリー・ピーポー』に、とわたしはグラスを掲げた。

「完成まで、後一歩です。いい作品になると信じています」

『オージナリー・ピーポー』に、と古田がビールを飲んだ。わたしはグラスを和美の湯呑みに合わせた。グラスの澄んだ音が部屋に広がっていった。

2

老け顔で頑固に見えるが、古田は座持ちのいい男だ。他人との間に壁を作らないその性格が羨ましくもあり、時には無神経だと思うこともあったが、今回は挨拶要員なので、盛り上げ役に徹していた。

わたしは雑談が苦手で、いわゆる世間話ができないところがある。メールや電話だと、余計な話をしなくても済むが、直接著者に会うと、何をどこから話せばいいのかと困ることもあった。

だが、古田が話を振ってくれたので、夕食の席はそれなりに賑《にぎ》やかだった。

我々としても驚いたわけですよ、と古田が声を高くした。

「デビュー作がいきなりベストセラーになる作家は数年に一人、それが出版界の常識です。山科先生はいきなり現れた新星で、しかも巨星です。出版界全体が驚愕《きょうがく》したと言っても過言ではありません」

　とんでもないです、と身を縮めた和美に、とんでもあります、と古田が真面目な顔で言った。

「空前絶後とは言いませんが、山科先生のような新人は今後なかなか現れないでしょう。私も三十年近くこの仕事をしていますが、その経験に照らし合わせても断言できます」

　古田が麻視出版に入社したのは二十七、八年前だが、四捨五入すれば三十年と言っていい。ただ、キャリアの三分の二近くは雑誌編集者で、文芸担当になったのは十年前だ。

　わたしは入社以来、ずっと文芸編集部にいるから、長さだけで言えば二年しか違わない。麻視出版でも他社でも、古田より経験が長い者はいくらでもいる。

　デビュー作がベストセラーになる作家はいるものだ。古田もそれはわかっている。断言、という強い言葉を使ったのは、和美のテンションを上げるためだ。

　今、和美は〝煮詰まって〟いる。作家にはよくあることで、時間が解決するとわたしは思っていた。

　全体を見直して細部を修正すれば『オージナリー・ピーポー』はフィニッシュする。必要なのは気分転換で、一度リセットすれば、問題点が浮かび上がってくるだろう。

　岩手に来る前に古田と話して、自信を持たせることが大事だという点で意見は一致していた。

「何よりも驚いたのは、山科先生が弊社から二作目を出されることでして」古田がわたしの肩を叩いた。「うちのエース、春川澄香と以前から連絡を取り合っていたと聞いて、心臓が飛び出るかと思ったぐらい驚きましたよ。内輪誉めはよろしくないとわかってますが、春川は辣腕編集者として業界でも知られています。部下ながら、たいしたものだと……山科先生と春川がタッグを組めば、まさに鬼に金棒、怖いものなしです」

編集長、とわたしは小さく首を振った。さすがに言い過ぎだろう。

だが、お構いなしに古田が先を続けた。

「私も春川が優秀な編集者だとわかっていたつもりですが、先生のデビュー作、しかも同人誌に発表した段階で目を通していたというのは、なかなかできることじゃありません。信頼するに足る編集者ですから、山科先生も全部任せていただければ、春川が先生の手となり足となり——」

どんこは深海魚ですよね、とわたしは鍋の横の大皿に目を向けた。どこかで止めないと、古田の長口上は終わらないだろう。

そうです、と菜箸で具材を挟んだ和美が鍋に入れた。

「エゾアイナメといって、口が大きくて、お腹が膨れ上がった魚です」

こんな感じでしょうか、と和美が手で形を作った。

「尻尾の方が細くなっているので、大きな口からお金が入って、お尻から出にくい縁起魚として知られています。岩手の郷土料理ですけど、気仙沼で獲《と》れる魚で、お祝いごとには付き物なんです」

取り分けますね、と和美が椀を手にした。申し訳ないです、と古田が額を叩いた。落語家のような仕草だった。

「何しろ初めてなので、どうしたものかと……すみません」

気にしないでください、と和美が微笑んだ。

「わたし、鍋奉行なんです。意外と得意なんですよ」

なるほど、と古田がうなずいた。

「気遣いのできる方だろうな、と思っておりました。『寂しい雪』を読めば、それはすぐわかります。主人公の女子大生はご自身を投影されているんですか？　彼女も気配りの人といいますか、人間関係を考え過ぎて閉塞感に苛《さいな》まれてましたよね？　同じような経験があったんでしょうか？」

いいえ、と和美が首を振った。

「わたしは弘絵《ひろえ》みたいなタイプじゃありません。モデルは大学の友人です。とてもきれいな子で、誰からも好かれてましたけど、本人は八方美人的な自分の性格に悩んでいて……」

『寂しい雪』の主人公、弘絵のモデルが名倉結菜《なぐらゆな》という友人なのはわたしも聞いていた。

鍋がぐつぐつと音を立てている。『オージナリー・ピーポー』ですが、と古田が咳払いをした。

「今回、これだけはお伝えしておきたかったんですが、仮タイトルだと春川から聞いています。

何もないと先生も春川も困るでしょうから、それは構いませんが、率直に言っていい題名とは思えません。改題を考えていただけないでしょうか？」

そのつもりです、と和美が菜箸を動かし、器用に魚と野菜を取り分けた。

「春川さんにも同じことを言われました。『オージナリー・ピーポー』は呼び名みたいなものです。何か違う、とわたしも思っていました。でも、とりあえずはこれでいいかなって」

うなずいた古田が椀の汁を啜《すす》った。タイトルは難しいですよね、とわたしは言った。

「最初から決まっている場合もありますし、うまくはまると筆が進むと言います。でも、まだ完成していないわけですし、書き終えてから考えた方がいいかもしれません」

もちろんもちろんと繰り返した古田が、とはいえ早めにいただきたいのが本音です、と箸で大根をつまんだ。

「よく煮えてますな。さすがは鍋奉行……弊社としては、山科先生の作品を来年の目玉と考えております。新聞広告も打ちますし、書評その他で取り上げてもらうように、各方面にプッシュしていきますが、そのためにもタイトルは必要です。書店も注目していますし、店頭で事前に宣伝するという話も出ています。仮タイトルだと、なかなか盛り上がりません」

わかりました、と和美がうなずいた。古田が大根を口に入れた。

「何というか……ほっとする味ですね。郷土料理になるのもわかります。急《せ》かしているのではなくて、今後の展開を考えますと、早ければ早いほどいろいろうまくいきますので……いや、何を言っても急かすことになりますね。この辺で止めておきましょう」

わたしは椀に口をつけた。濃い味噌の味が口の中に染みていった。

3

一時間半ほどで夕食は終わった。タイトルのこと以外、古田は『オージナリー・ピーポー』に触れず、『寂しい雪』について質問を繰り返していた。その方が和美のプロフィールや性格を理解できると考えたようだ。

和美も出版業界について、いくつか尋ねていた。作家として今後どうしていくべきか、平《ひら》の編集者ではなく、編集長の意見を聞きたい気持ちはよくわかる。

十数社の編集者から執筆依頼が殺到したが、会うのはわたしたちが初めてだ。今まで無縁だった世界との向き合い方に悩んでいるのは、わたしも気づいていた。

昭和の頃、どうだったのかはわからないが、作家専業でやっていきたいという新人に、止めた方がいいですと伝えるのが常識になって久しい。

作家イコール印税生活とイメージされがちだが、世の中そんなに甘くない。専業作家として成功している者は、ほんのひと握りに過ぎない。

ただ、和美の場合は事情が違う。単行本で五十万部を超えるベストセラー小説を書けるのは、選ばれた者だけだ。

まぐれ当たりではない。実力と世間のニーズが合致していなければ、ベストセラーにはならない。

和美の小説には読ませる力がある。わたしはそれを確信していたし、他社の編集者も同じだろう。

天才という言葉を軽々しく使うのは違うと思うが、紛れもなく山科和美は天才だった。

今でも美しい輝きを放っているが、磨けば更に光る。彼女に足りないものがあるとすれば、それは経験だ。

書けば書くほど、その才能は伸びていく。専業でも十分にやっていけるだろう。

ただ、それは言っていない。古田に止められていたからだ。

古田はわたし以上に和美の才能を認めていたが、編集者に誰かの人生を決める権利はない、というのがその持論だった。

書籍編集部に移った直後、他社の新人賞を受賞してデビューした作家の才能に惚《ほ》れ込み、専業でいきましょうと勧めたことがあったそうだ。

会社を辞めたその作家は、理由もなくスランプに陥り、その後何も書けなくなったという。

古田にとって、それは苦い経験だった。

同じような話は、他社の編集者からも聞いたことがあった。どんなに才能がある作家でも、安易なことを言ってはならない。

前にメールで相談された時は、今のままでいいと思うと返事をした。和美が会社員であれば、よく考えて答えなければならないが、言ってみれば彼女は家事手伝いだ。

両親が営む旅館で働いているのだから、時間の融通も利くだろう。多少旅館の仕事がおろそかになっても、大目に見てくれるはずだ。

岩手から東京に出たい、という想いが和美の中にあったのかもしれない。だが、まだ早いとわたしは思っていた。

ひと昔前とは違い、メールや携帯電話で簡単にやり取りができる時代だ。染田町は圏外だが、隣町まで行けばネットカフェがあり、今までもそこから和美は原稿をメールで送っていた。

実家で暮らしながら、今までと同じペースで執筆活動を続けた方が、精神的に楽だろう。

一作しか出していないが、既に和美は人気作家だ。今も、そしてこれからも原稿の依頼が相次ぐのは間違いない。

真面目で律義な性格だから、すべてに応えようとするはずだ。仕事を抱え込み過ぎて、疲弊する作家は多い。和美のそんな姿を見たくなかった。

残念です、と母親が運んできたデザートの草団子を食べながら古田が言った。

「明日の午後には東京に戻らなければなりません。観光というわけじゃなく、この辺りを歩いてみたかったですね」

岩手に来る機会はそう多くないし、染田町に至っては次があるのか、それさえわからない。どんな町か見ておきたいというのは、誰でも同じかもしれない。

小さな田舎町ですけど、と和美が言った。

「それなりに名所もあります。ご案内したかったんですけど……」

「名所といいますと？」

お寺です、と和美が答えた。

「昔から染田は湯治場として知られていましたが、古寺名刹を訪れる人はもっと多かったそうです。墨跡寺《ぼくせきじ》はご存じですか？　東北でも古い寺のひとつで、堂塔伽藍《がらん》が五十近く立ち並んでいます。他にも五つ有名な寺があって、染田六寺と呼ばれていたと……」

由緒正しい感じがしますね、と古田が相槌《あいづち》を打った。

「宗派は何です？」

天外宗《てんがい》です、と和美が言った。聞いたことがないな、と古田が首を傾《かし》げた。

「うちの会社の隠れたロングセラーに〝マンガでわかる〟シリーズというのがあってですね、企画したのは私なんですが……その中に宗教を取り上げた一冊があります。十一巻だったかな？　人よりは詳しいつもりですが、天外宗というのは……天台宗とは違うんですね？」

染田の僧、天外が鎌倉時代に開いた宗派だそうです、と和美が字を宙に書いた。

「正直なところ、わたしもよく知らなくて……うちも天外宗の門徒なんですけど、何かするわけでもないし、考えたこともありません」

今は誰でもそうですよ、とわたしは古田に顔を向けた。

「編集長のお齢《とし》だと気になるかもしれませんけど、わたしも自分の実家が何宗なのか、はっきりわかっていません。浄土宗だったと思いますけど、浄土真宗だったのかも……」

年寄り扱いするなよ、と古田が苦笑した。

「だけど、そう言われると自信がなくなってきた。うちの実家は何宗だったかな？ 今度、親父に聞いてみよう。もう八十だし、何かあった時に困るのは長男の俺だ……すいません、余計な話でした。他に何があるんです？」

染田は山と森に囲まれています、と和美がお茶をひと口飲んだ。

「八王山《はちおう》、真海山《しんかい》、名峰がいくつもあって、ここから一番近いのは高砂山《たかさご》ですけど、毎年お盆の時期に草民祭《そうみんさい》があるんです」

「草民祭？ どんなお祭ですか？」

日本百大奇祭のひとつで、簡単に言えば裸祭りです、と和美が頰を染めた。

「男の人しか参加できないので、わたしも直接見たことはありません。室町時代に元服の儀式として始まったらしい、と父が話してました。戦前は数えで十歳になった男の子を高砂山に集めて、水ごりで体を清めてから、裸で山を登らせたみたいです。鬼に扮《ふん》した大人が隠れてるんですけど、通った子供を脅かして、泣いたら次の年もまた同じことをしなければならないとか……」

なまはげみたいですね、と言った古田に、そうかもしれません、と和美がうなずいた。

「今は一部が観光用のお祭りになっています。子供を裸にするのは禁止されて、下着着用が義務づけられているんです。女人禁制になるのは昔と同じですけど……お盆の時期になると、見物客で賑わいます」

「山科先生は山歩きをされるんですか？」

古田の問いに、わりとよくします、と和美が窓を指さした。

「もう真っ暗ですから見えませんけど、うちの奥側は鎮守の森と呼ばれていて、その裏が高砂山です。春には森も山も緑に変わります。散歩しているだけで、気持ちが安らぎます」

マイナスイオン効果ですね、と古田が言った。

「私は犬を飼ってるんですが、毎朝の散歩が日課です。近所に大きな公園がありまして、二、三十分も歩くと気分がリフレッシュするというか……作家は座業ですから、どうしても運動不足になりがちです。散歩はお勧めですよ」

ドア越しに、男の低い声がした。兄の奏人です、と和美が言った。

「いつ帰ってきたのかな……お兄ちゃん？　麻視出版の古田編集長と春川さんが来てるの。挨拶ぐらい――」

それには答えず、奏人が小声で話している。大丈夫なの、という母親の声が聞こえたが、部屋の前から離れたのか、すぐ静かになった。

「お兄さんは三十三歳でしたっけ？　写真しか見てませんが、あれだけ整った顔の男性はめったにいません」

ご挨拶したかったですねと膝を立てた古田に、さっき会いましたとわたしは言った。

「トイレの前にいたんです。いきなりだったので、あまり話せませんでしたけど……」

一目で恋に落ちたか、とからかうように古田が言った。止めてくださいと言うと、ノックの音に続いてドアが開き、母親が入ってきた。

「食器をお下げしますね……あの、よろしければ温泉に入られてはいかがでしょう？　うちの自慢と言えばそれだけで、編集長は明日お帰りですよね？　時間で区切っていますから、他のお客様と一緒になることはありません。申し訳ないんですが、八時台と十時台が埋まっているので、九時からでよろしいでしょうか？」

温泉、と古田が膝を叩いた。

「ありがたいです。そのために来たと言ったら、春川に怒られるかな？　それは冗談ですが、楽しみにしてました。よければ今からでも――」

まだ八時半です、とわたしは腕時計に目をやった。

「それに、ビールを飲んでましたよね？　酔って温泉に浸かるのはどうかと……」

心配するなよ、と古田が言った。

「正直、温泉のことが頭にあったから、ビールだけにしていたんだ。いいなあ、温泉。入ります入ります」

春川さんはどうされますか、と母親がわたしに声をかけた。

「男湯と女湯で分かれていますし、湯壺《ゆつぼ》の間に仕切がありますので、見えたりはしませんけど、気まずいようでしたら別の時間にします。ただ、そうなると十一時からになってしまいますが……」

俺は気にしないよ、と古田が立ち上がった。

「まあ、それは男の勝手な言い分だ。春ちゃんが嫌なら、時間を別にしよう。俺は九時から温泉に入って、のんびり疲れを癒すよ」

混浴するわけじゃありませんし、とわたしは言った。

「十一時まで待つのはちょっと……わたしも九時からでいいです」

それじゃ部屋に戻るよ、と古田が足早に出て行った。すいません、とわたしは頭を下げた。

「編集長はせっかちなところがあって……」

和美と母親が顔を見合わせて笑った。わたしも笑うしかなかった。

4

いい湯だなあ、と古田がため息をついた。そうですね、とわたしは言った。

部屋を出て廊下を進むと、右が男湯、左が女湯と奥の壁に記されていた。暖簾《のれん》をくぐると小さな脱衣所があり、服を脱いで引き戸を開くと、目の前が露天風呂だった。

男湯と女湯の間は、三メートルほど離れている。大きな板で仕切られているので、お互いの姿は見えない。

広さはさほどでもなかった。二メートル四方の歪《いびつ》な楕円形《だえんけい》だから、三、四人入るのがやっとだ。

ただ、他の客がいないので、ゆったりと体を伸ばすことができた。湯加減は少し熱いが、気温が低いので気持ち良かった。

周りには高い木がびっしりと植えられている。月に照らされた林の幻想的な光景が目に映った。

仕切り板の上に電球がついていたが、照明はそれだけだ。洗い場が暗いのは、覗き防止のためかもしれない。

雪見酒としゃれこみたいが、と古田の声がした。

「残念ながら、雪が降ってない。何でも思惑通りにはいかんよな。ああ、三日月がきれいだ……春ちゃん、聞いてるか？」

聞こえてます、とわたしは返事をした。

「静かにしてもらえませんか？　風情がなくなります」

怖い怖い、と古田が湯を叩いた。

「しかし、俺も三十年近くサラリーマンをやってるが、同じ会社の女性社員と温泉に入ったことは一度もない。仕切りはあるけど、混浴みたいなもんだ」

気持ち悪い、とわたしはつぶやいた。それが聞こえたのか、冗談だよ、と古田が苦笑した。

「最近の女性は難しい。軽口のひとつも叩けないんじゃ、この国も終わりだ……なあ、どう思った？　彼女は書けそうか？」

古田が日本酒の徳利を温泉に持ち込んでいるのはわかっていた。呂律《ろれつ》も多少怪しくなっている。

「わかりません。そこは明日から詰めるつもりです」

俺が言っても始まらんか、と古田が鼻をすする音がした。

「いいか、とにかく彼女の話を聞くんだ。相談と同じで、答えは本人の中にある。何をどうすればいいのかもわかってる。ただ、絶対の正解なんてないから、最初の一歩を踏み出すには勇気がいる。答えを求められるまでは、黙っていればいい」

「はい」

顔色を窺《うかが》うというと聞こえは悪いが、と古田がくしゃみをした。

「何を考えてるか察して、望んでいるタイミングで肩を押してやるんだ。編集者にできるのはそれぐらいだよ。とはいえ、きっかけが大事な時もある」

「わかります」

「あまり考え過ぎるなよ」

古田の声が急に小さくなった。どこからか、鈴の音が聞こえた。

しばらくすると、低い男の声がいくつか重なって流れてきた。低いというより、暗いと言った方がいいかもしれない。

三人、それ以上の男たちが声を合わせ、一定の抑揚で何か言っている。体にまとわりつくような声。

「編集長？」

わたしの呼びかけに、古田は答えなかった。男たちの声が少しずつ大きくなっている。

わたしは辺りを見回した。声はどこから聞こえているのか。

右、左、前、後ろ。耳をそばだてたが、はっきりしない。

すべての方向から聞こえる気もする。どういうことなのか。

額から汗が垂れ、顔を拭った手を三日月に向けると、指が真っ赤になっていた。

わたしは湯に両手を入れ、こするように洗った。紅葉した濡れ落ち葉がついたのだろうか。

両手を開き、上にかざした。洗ったばかりの手は、血のように赤かった。

「編集長！」

叫んだが、返事はなかった。全身に鳥肌が立った。男たちの声が続いている。

もう一度、両手を丹念に洗った。指の一本一本を絞るようにしたが、それでも赤い染みは消えない。それどころか、気づくと湯船全体が赤に染まっていた。

(出ないと)

立ち上がろうとしたが、体が動かなかった。誰か、と叫んだ声が夜空に吸い込まれていく。

体の上を、ぬらぬらしたものが這《は》っていた。蝸牛《かたつむり》。蛞蝓《なめくじ》。

頭、肩、腕、腹、腰、足の上で、何かが蠢《うごめ》いている。

悲鳴が口から漏れた。払いのけようとしても、指一本動かせない。吐き気が込み上げてきた。

金縛りにあったように、体が動かない。男たちの声が大きくなった。

「ぎゃはらあそういぎゃてあはらそういて」

声が唱えているのはお経だった。聞こえるのはそれだけで、他にも何か言っているが、日本語なのか、それすらわからない。

どれぐらい時間が経っただろう。一分なのか、十分なのか、一時間なのか。

一定の抑揚を保ったまま、声が高く、低く続いている。目を見開いたまま、わたしはそれを聞いているしかなかった。

不意に、声が止まった。その時、どこから聞こえていたのか、耳ではなく、肌が感じた。

正面だ。

露天風呂は歪んだ楕円形になっている。わたしの正面、反対側に誰かがいた。

肩まで髪がある。痩せていて、背はそれほど高くない。座っている顔の高さは、わたしとほとんど同じだ。

身じろぎもせず、座ったままの誰かがわたしを見つめていた。男なのか女なのか、それもわからない。

編集長、とわたしは震える声でつぶやいた。目の前の影が消え、ヤバい、という古田の声が聞こえた。

「ああ、寝ちまった……危ないところだったよ。酒飲んで温泉なんか入っちゃいかんよな。どうした、春ちゃん。もう出たのか？」

いえ、と答えると、わたしを縛っていた何かがほどけ、体が動いた。

びっくりしたよ、とのんびりした声で古田が言った。

「うとうとってしたら、口にお湯が入って目が覚めた。露天風呂で溺死なんて、シャレにならんよな。家の風呂でも、たまに寝ちまうんだよ。俺は風呂に浸かりながら本を読むんだけど、そのたびに本がびしょびしょになって……おい、聞いてるのか？」

わたしは手を上げた。指の間から、さらさらと湯が流れていく。

見回すと、露天風呂は透明なお湯に戻っていた。その上を湯気が漂っている。

コップ一杯のビールで酔ったのか。そんなはずはない。アルコールに強くはないが、そこまで弱いわけでもない。

古田と同じように、わたしも湯に浸かったまま寝てしまったのか。あれは夢だったのだろうか。

徹夜明けで帰宅し、一時間ほど仮眠を取っただけだ。バッグにメイク道具一式と下着や着替えを突っ込んで出張の準備を済ませ、そのままマンションを出た。

十時過ぎに始まった会議は、二時間ほど続いた。寝不足の目をこすりながら、自分の担当の進捗状況を報告した。

会議が終わり、会社を飛び出し、ぎりぎりで新幹線に乗った。途中、古田は少し眠っていたが、わたしは起きていた。

プレッシャーがあった。『オージナリー・ピーポー』に会社が期待しているのは、よくわかっていた。

誰よりも早く山科和美と連絡を取っていたわたしには、他社の編集者にはない信頼関係がある。だからこそ、失敗は許されない。

メールや電話でのやり取りを繰り返し、距離を縮めてきたつもりだが、直接会って打ち合わせをすると、認識にずれが生じるかもしれなかった。

わたしは決して器用な方ではない。クールビューティと新幹線で古田が言ったが、ビューティはともかくクールな一面があるのは確かだ。

聞こえはいいかもしれないが、それは冷たい印象を与えるという意味でもある。そんなつもりはないのに、澄香って冷たいよね、と友人から言われることも少なくなかった。

麻視出版に入社し、数十人の作家を担当してきた。八年で二人、担当を替わってほしいと作家に言われたことがある。

この業界ではよくある話だ。作家と編集者は一対一の関係だから、小さなことでも気に入らない何かがあると、それだけで関係が悪くなる。

八年で二人が多いのか少ないのか、それはわからない。もっと頻繁に担当替えを命じられる編集者もいた。

気にしなくていいと慰めてくれる先輩もいたが、気にせずにいられないのがわたしの性格だ。

もし、山科和美との関係が悪くなったら。それを思うと、胃がきりきり痛んだ。

ただ、それは考え過ぎだったようだ。和美と会い、夕食を共にしたが、和やかな時間が過ぎていった。和美はわたしを信頼している。

安心感で気が緩んだのだろうか。コップ一杯とはいえビールを飲み、そのまま温泉に浸かっているうちに、寝入ってしまったのか。

もう一度手をよく見た。どこにも赤い染みはない。お湯もきれいで、濁りすらなかった。

編集長、とわたしは声をかけた。

「あの……男の人の声が聞こえませんでしたか？　声というか、お経を読んでいるような……」

何の話だ、と古田が言った。何でもありません、とわたしは首を振った。

「わたしも……ちょっと寝てしまったみたいです」

いいんじゃないの、と古田が笑った。

「春ちゃんは気を張り過ぎなんだよ。悪いとは言わないけど、ずっとだと疲れちまう。俺なんかいい加減だから、適当に気を抜いてる。作家の前じゃまずいけど、そこらへんうまくやらないと、どっかで潰れちまうぞ」

小さくうなずき、肩に触れた。ぬらぬらした何かが蠢く感触も消えていた。

5

脱衣所で浴衣に着替え、上から丹前をはおって部屋に戻った。炬燵の上に置いていた腕時計を見ると、まだ十時を回ったばかりだった。

敷かれていた布団の上に寝転び、大きく手足を伸ばした。いつもなら会社に残っていてもおかしくない時間だ。

わたしもそうだが、編集者は宵っ張りで、寝るのは真夜中過ぎという者が多い。十時に眠れるはずもなかった。

今回、『寂しい雪』以外、わたしは本を持ってきていなかった。和美への配慮で、他の作家の本を読んでいたら気になるだろう。

部屋を出て露天風呂と反対側へ通路を進むと、トイレの脇に黒電話があった。今ではめったに見ることがないダイヤル式だ。

〝ご自由にお使いください〞と貼り紙があった。宿泊客用のサービスのようだ。

受話器を取り、編集部直通の番号を回した。

「麻視出版書籍第三編集部です」

出たのは副編集長の菰田だった。電話を取るのは下の者の役目というのが口癖だが、他に誰もいないので、仕方なく出たのだろう。

「お疲れさまです。春川です」

何や、と菰田が欠伸《あくび》をする音がした。

「どないや、岩手は。雪でも降ってるんか？」

いいえ、と答えると、東京は雨や、と菰田が苦笑した。

「夕方から降り出してな、昼は晴れとったから、傘がない……それで、ベストセラー作家先生との打ち合わせは進んどるんか？」

わたしが入社した頃、菰田はヒットメーカーとして知られていた。彼の手掛けた小説は、どれもよく売れた。触れた物は何でも黄金に変わるんや、と大声で話していたのを覚えている。

だが、菰田がミダス王だったのはその頃までだ。彼が担当していた作家の小説は、だんだんと売れ行きが悪くなっていった。

菰田が得意にしていたのは重厚で文学的な作品だが、軽い読み味を好む読者が多くなったためだ。菰田も、彼が担当していた作家も、時代に合わせることができなかった。

いい悪いの話ではなく、小説としての優劣の話でもない。ただ、現実として売れなくなった。それだけのことだ。

菰田は現実と折り合っていくべきだったが、プライドがそれを邪魔した。いい本を作っても売れへん、という愚痴を何度聞いたかわからない。

いつの頃からか、売れる本は下らん、そんなものを読む読者がアホなんや、と言うようになった。

山科和美も『寂しい雪』も、菰田にとっては〝下らん本〟なのだろう。そんな作家と一緒に仕事をする編集者の気持ちがわからん、と皮肉を言いたいのかもしれない。

どうかと思うで、と菰田が嫌みたっぷりに言った。

「春川はしゃあないよ？　担当やから、作家先生と会うのが仕事や。せやけど、編集長がついていってどないすんねん。そんなぽっと出の新人に、頭下げんでもええやないか。ほんまやったら、書かせてくださいゆうて、向こうから頼んでくるのが筋なんと違うか？」

そうかもしれません、とわたしはうなずいた。まともに相手をしても仕方ない。

「忙しいところすいません。わたしに何か連絡がないかと思って――」

知らん、と菰田が吐き捨てた。

「それどころやないっちゅうねん。月刊薊とＰＲ誌の原稿がぼこぼこ落ちとる。そこに編集長はおるんか？」

部屋にいますと答えると、伝えといてや、と菰田がメモをめくる音が聞こえた。

「ええとな、まず沢里先生がギブアップした。ひと月待ってくれやて。何を考えとんのやろうな、あの人」

「ひと月ですか？　沢里先生はぎりぎりでも締め切りを守るタイプです。ブラフっていうか、言ってるだけでは？」

そんなん知らんがな、と菰田が乾いた声で笑った。

「時山先生のことは編集長にお任せやから、これはええやろ……深町先生の原稿も来てへん。女優の、ほら、何ていうたかな、彼女のコラムもや」

金沢恵利《かなざわえり》です、とわたしは名前を言った。

「菰田さん、それぐらい覚えておいた方がいいですよ。今、トップ女優なんですから」

テレビは見いひんからわからん、と菰田が吐き捨てた。後で編集長に伝えておきます、とわたしは言った。

「来年の大河ドラマが決まって、忙しくなっていると聞きました。マネージャーを通じて、念押しした方がいいかもしれません」

担当は塚本や、と菰田が言った。

「ホンマに参るで。たかが女優のコラムやけど、ＰＲ誌の巻頭やし、落ちたらシャレにならん。結局、編集長のコントロールが甘いんよ。締めるところは締めてもらわんと……ああ、春川さんのデスクに付箋が貼ってあった。落合《おちあい》から電話があったとお伝えください……誰や、落合って？」

「誰と言われても……大学の友人だと思います」

会社に電話すなよ、と菰田が何かを叩く音がした。

「携帯にせえっちゅう話や。何のための携帯なん？　会社の電話は仕事専用や。せやろ？」

目の前に影が差した。顔を上げると、奏人が立っていた。

失礼しますと受話器を置くと、お仕事ですか、と奏人がわたしの顔を覗き込んだ。

「こんな時間まで、大変ですね」

何かあるかと思って、とわたしは丹前の襟を合わせた。

「会社に電話しただけです」

もう十時過ぎですよ、と奏人が壁の時計を指した。

「出版社ってそうなんですか？　よくわかりませんが、徹夜続きとか、そんなイメージがあります。気を付けてください、体を壊したら元も子もありませんよ。ぼくにはとてもできないなあ」

和美もそうだが、奏人にはなまりはなかった。アパレルで働いていたというから、標準語で話す習慣が身についているのだろう。

「奏人さんこそ、忙しいのでは？　満室続きだと、和美さんから聞いています」

母は忙しいですよ、と奏人が天井を見上げた。

「お客さんの料理を作ったり、材料の仕入れも母の仕事です。うちは一泊二食ですから、朝食が終わるとすぐに昼食の準備が始まります。父の世話もしなければならないし、いつもばたばたしてますよ。でも、四部屋、最大で八人ですから、それぐらいは何とかなります。ぼくも和美もいますし……」

和美は掃除洗濯担当です、と奏人が笑った。

「ぼくは雑用係ですね。一番暇なのは、ぼくかもしれません」

「そんなこと……」

和美ですが、と奏人が少し声を低くした。

「どうなんでしょう……小説を書く、作家になる、それはいいんです。本人が決めることで、口を出すつもりはありません。ただ、前とはいろいろ違っています。あまり言わないようにしていますが、前は楽しそうに書いていたんです。でも、最近は……」

心配なのはわかります、とわたしはうなずいた。

「デビューしても、二作目が書けないと筆を折る作家は少なくありません。二作目のジンクスというか、プレッシャーのためです。和美さんのようにデビュー作がベストセラーになってしまうと、余計に苦しいかもしれません」

でも、とわたしは言葉を継いだ。

「和美さんにはそのプレッシャーに負けない才能があります。地肩が強いと編集者はよく言いますけど、書ける人だというのは『寂しい雪』を読めばわかります。今は苦しいかもしれませんが、乗り越えていけると思います」

それならいいんです、と奏人が額に手を当てた。細く長い指に目が行くのを、自分でも止められなかった。

「父は昔から体が弱くて、外出も週に一、二度とか、そんな感じでした。それで、ぼくが和美の父親代わりというか……保護者参観、運動会、入学式、卒業式、学校の行事には、いつもぼくが出ていたんです」

「そうだったんですか」

妹のことは誰よりもわかっています、と奏人が言った。

「言いたいことがあっても、我慢してしまう性格です。落ち込むと、食事もせずに塞ぎ込んでしまったり……そこだけは春川さんも気をつけてもらえませんか？」

端整な顔を引き締め、奏人が頭を下げた。優しい人なのは、最初からわかっていた。

「厳しいことなんて言いません。奏人さんにはわたしが鬼編集者に見えるかもしれませんけど――」

とんでもない、と慌てたように奏人が手を振った。

「春川さんのことは、和美から聞いています。最初に送られてきた手紙は、ぼくも読みました。春川さんが励ましてくれなかったら、妹は『寂しい雪』を自費出版しようと思わなかったんじゃないかな」

ある意味ではそうかもしれない。わたしが和美の背中を押したのは確かだ。

「頻繁にやり取りしているのも知っています。和美は人見知りで、誰とでもうまく話せるタイプじゃありません。でも、春川さんと話す時は本当に楽しそうです。妹の話を聞いているうちに、春川さんってどんな人なんだろうと考えるようになりました」

「思っていたより怖かったですか？」

まさか、と奏人が肩をすくめた。

「想像以上でした。冷たく感じる人もいるでしょうけど、誰よりも温かい心を持っている……これからも妹のことをよろしく――」

ぎしり、という音にわたしは顔を向けた。廊下の暗がりで、何かが蠢いている。ゆっくりと影が近づいてきた。

父さん、と奏人が驚いたように声を上げた。

「寝てたんじゃなかったのか？　何で降りてきたの？」

影が止まった。そこにいたのは肩まで白髪を伸ばした痩せ衰えた老人だった。疲れ切った表情が顔を覆っていた。

老人がわたしに顔を向け、小声で何か言ったが、ほとんど聞き取れなかった。

わたしの父は来年還暦を迎える。勤めている警備会社の役員なので、定年は三年後だ。しばらく会っていないが、年齢より若く見えるのが本人の自慢だった。

和美の父親は五十五歳、母親はひとつ下の五十四歳と聞いていた。母親は年相応と言っていいが、父親の老け方は普通では考えられなかった。七十歳、いや、八十歳にも見えるほどだ。

ぼくに摑まって、と奏人が父親の腕を取った。

「とにかく、二階に戻ろう……すみません、春川さん。ここで失礼します」

奏人が父親を抱えるようにして、階段を上がっていった。心臓に持病があり、半ば寝たきりだというが、あれほど痩せ衰えていると、立つのもやっとだろう。

部屋に戻ろうとしたわたしの足が止まった。老人と露天風呂にいた何かの影が重なった。

父親がわたしの前に立った時、目線が合った。身長はわたしとほとんど同じだ。露天風呂にいた影もそうだった。

肩まである長い髪と、枯れ木のように痩せた姿が脳裏を過《よ》ぎった。暗くて顔は見えなかったが、シルエットは似ていた。

そんなはずない、とわたしは頭《かぶり》を振った。あれは夢だった。単なる偶然だ。

だが、夢でなかったとすれば、どうなるのだろう。もしかしたら、父親はわたしが入る前から、露天風呂にいたのかもしれない。

小さな照明で照らされているだけで、他は月明かりしかないから、気づかなくても不思議ではない。

気疲れもあって、風呂で寝てしまったわたしが目を覚ました時、父親の姿に気づいたということなのか。

あり得ない、とわたしはもう一度頭を振った。廊下を進む父親の足取りは、亀のように遅かった。

あの影が父親だとすれば、すぐに消えるはずがない。やはり、あれは夢だったのだ。

何を言おうとしていたのだろう、とわたしは振り向いた。唇を震わせていたが、声は聞き取れなかった。

部屋に戻り、鍵をかけた。父親は病人で、何ができるわけでもない。わかっていたが、体が震え始めていた。

三章　窓を叩くもの

1

カーテンの隙間から差し込む光で目が覚めた。枕元に置いていた腕時計を見ると、七時過ぎだった。

八時間以上寝ていたことになる。いつになく長く眠っていたためか、目覚めは爽やかだった。

乱れていた浴衣を整え、備え付けの洗面台で顔を洗っていると、よろしいでしょうか、と遠慮がちな母親の声が聞こえた。

「すいません、今、顔を洗っていて――」

「春川様が起きているか見てきてほしいと、古田様に頼まれたので……」母親がドア越しに言った。「朝食を一緒に、とおっしゃっていました」

古田はいわゆるショートスリーパーだ。深夜三時までベッドに入らず、六時には起きて犬の散歩に行くという。

　睡眠時間は約三時間で、ナポレオンと同じだといつも自慢しているが、会社のソファでうたた寝しているのを毎日のように見ていたし、会議室に籠もってゲラを読むと言って、長机の上で寝ているのは編集部の全員が知っていた。

　普通の会社員だと考えられない話だろうが、編集者は待ち時間が長い。特に文芸編集者はそうだ。

　まず、作家が締め切りを守らない。例えば月末の三十日が締め切り日だとすると、その日に原稿を送ってくるのは全体の三分の一ほどだ。

「三十日ってのは、要するに一日の朝までってことだろ？」

　そんなふうにうそぶく作家を、何人見てきたかわからない。実を言えば、編集者もそう思っている。

　夜八時を過ぎれば、印刷会社は動かない。原稿を渡せるのは翌朝九時以降だし、その意味では真夜中も明け方も同じだ。

　そして、編集者はサバを読んでいる。三十日というのは建前で、本当の締め切り日は数日後、場合によっては一週間後ということもある。早めに設定するのは、リスク回避のためだ。

　ただし、作家たちもそんなことは先刻ご承知だ。デビューしたばかりの新人ならともかく、一、二年経てば、多少遅れても何とかなるとわかるようになる。

とはいえ、雑誌、書籍、いずれもデッドラインがある。原稿をノーチェックで活字にするわけにはいかないし、印刷、製本という工程にも時間がかかる。

いずれかの時点で、作家と編集者の戦いが始まる。設定した締め切り日を過ぎても原稿が来ない。連絡を入れても、のらりくらりとかわされる。

そのままではどうにもならないから、作家の家へ直接行って、原稿をお願いしますと頭を下げるしかないが、嫌がる者も多いし、プレッシャーで書けなくなる作家もいる。結局は会社で待っているしかない。

催促の電話をかけ続けると、あと一時間ぐらいで終わる、と作家が言う。だが、信じてはならない。

一時間が二時間になり、半日経っても一日待っても、原稿の〝げ〟の字も届かないことなどざらだ。

待つのが編集者の仕事だと入社して数カ月でわかるが、これほど不毛な時間もないだろう。原稿ができたと作家から連絡が入っても、仕事は終わらない。最近はメールで原稿を送ってくる作家の方が多くなったが、取りに来いという者もいる。

意外と厄介なのが、ファクスを使う作家だ。麻視出版のファクスは仕様が古く、原稿用紙一枚の着信に三十秒ほどかかる。五十枚で約二十分、百枚だと一時間弱だ。

その間は、ただ座っているしかない。他にも仕事はあるし、届いた順に読んでもいいのだが、一時間でまとまった仕事はできない。一枚一枚読むのは効率が悪いし、頭にも入ってこない。

そういう時、あっさりと眠ってしまう特技が古田にはあった。女性編集者には真似できないし、男性編集者でも古田ほどスムーズに眠りにつく者はいないだろう。小刻みに眠っておく習慣が身についているのかもしれない。

急いで髪を整え、着替えて軽くメイクをしてから、古田の部屋に向かった。今日の朝食は二人で取る、と事前に決めていた。言ってみれば作戦会議だ。

「何だ、着替えたの？」おはよう、と浴衣姿の古田が片手を上げた。「相変わらずきっちりしてるな。いや、おれがだらしないだけか……とにかく座れよ」

わたしは座布団に膝を落とし、正座した。スカートなので、足を崩しにくかった。

膳部がわたしたちの前に置かれている。旅館の朝ごはんが好きでさ、と古田が指さした。

「家だと、完全にパン派なわけよ。トースト食って、コーヒー飲んで、ものの五分もかからない。だけど、旅館だと和食が食いたくなる。こういう〝ザ・旅館朝食〟が一番いい。鮭《さけ》の切り身、納豆、生卵、切り干し大根、冷や奴《やっこ》、みそ汁、漬物……いい歳して、丼で何杯もお代わりするんだ。どういうわけなんだろうな？」

さあ、とわたしはみそ汁に口をつけた。蜆《しじみ》の深い味が優しく感じられた。

冷たいよなあ、と古田が箸を宙で振った。

「春ちゃんもあれか、朝は食べない派か？　人のことは言えない。おれも四十過ぎまで朝飯なんか食ったことがなかったし、昼は牛丼とラーメンのローテーションだった。編集者は不摂生の塊だよ。ろくに運動もしないし、毎日不規則だしな。それでも、昔と比べたら少しはましか。塚本はスポーツジムに通ってるそうだけど、春ちゃんは？」

いえ、とわたしは首を振った。愛想がない、と自分でも思う。

古田が気を遣って話しているのがわかっていても、うまく言葉を返せない。

「十時には出る、と和美さんに言ったら、母が駅まで送るとさ」

そうじゃなきゃ困るけどな、と古田が沢庵を音を立てて齧《かじ》った。

「いいところだけど、不便過ぎるよ。おれも取材であちこち行ったけど、バスがないのはともかく、タクシーが走っていないのは珍しいぞ……それで、彼女のことだけど、任せていいな？」

親指を立てた古田に、もちろんです、とわたしは答えた。

ゆうべは『オージナリー・ピーポー』の話をほとんどしなかった、と古田が言った。

「もちろん、わざとだ。これでも一応編集長だし、変なプレッシャーになったらまずいだろ？」

わかっています、とわたしはうなずいた。平の編集者のわたしと、編集長の古田では立場が違うし、言葉の重みにも差がある。

今回の出張で、『オージナリー・ピーポー』については触れない方がいい、と古田は考えたのだろう。

「タイトルの件だけは話したけど、何も言わないのもおかしいいし、営業から早く決めてくれとうるさく言われてるからな。タイトルは仮です、と企画会議で春ちゃんが説明しただろ？　そこはみんな了解してるけど、インパクトがないって意見が上がってたし、おれもそう思ってる」

『寂しい雪』も最初は〝Ｌｏｎｅｌｙ　Ｓｎｏｗ〟というタイトルでした、とわたしは言った。

「タイトルが決まらないと書けないという作家もいますし、書き終わらないと考えられないという作家もいます。和美さんは後者なんでしょう。本人も変えたいと言ってましたし、急がなくてもいいのでは？」

急いじゃいないけどさ、と古田がお櫃《ひつ》から茶碗にご飯をよそった。

「ただ、『寂しい雪』ってタイトルは小説の世界観にマッチしていた。ベストセラーになったのは、それも理由のひとつだ。面白くなきゃ話にならんけど、面白くたって売れない本はいくらでもある。タイトルや装丁は大事だよ。『オージナリー・ピーポー』ってのはさ、ストレートに訳したら『普通の人たち』だろ？　それじゃ弱いって」

そうですね、とわたしはお茶を飲んだ。小説としては『オージナリー・ピーポー』の方が好きだけどな、と古田が言った。

「ほら、『寂しい雪』は登場人物が少ないし、視点人物が女子大生だけだろ？　そこがちょっと物足りなくてさ。今回は群像劇で、章ごとに語り手が変わる。多面性があって、読み方によっていろんな解釈ができる。こいつは好みの問題で、だから『寂しい雪』より優れてるとか、売れると言ってるわけじゃない。とはいえ、ラストさえうまくまとまれば、必ず面白くなる。方向性さえ決まれば、そんなに難しい話じゃないだろう」

構想は聞いています、とわたしは湯呑み茶碗を膳部に置いた。

「ざっくり言えば、ハッピーエンドにするか、主役の二人の関係を終わらせるか、そのどちらかです。青春小説として読む読者が多いはずですし、意図的にタッチを軽くしていますから、ハッピーエンドだと甘さが強くなり過ぎます。互いに想いを残しながら、東京と沖縄でそれぞれの人生を歩んでいく終わり方がいいと思ってますが……」

人物の描写が抜群だよな、と古田がまた親指を立てた。

「だが、俺の読みだと、彼女の本音はハッピーエンドだ。『寂しい雪』の女子大生と教授は別れただろ？　二番煎じと言われたくないのは、わからなくもない」

『オージナリー・ピーポー』は、主人公の女性と六人の友人の関係を描く小説だ。

小学校の同級生がそれぞれ別の中学や高校へ行き、次第に連絡を取らなくなるが、成人式で再会し、それまでと違う形で付き合うようになる。

主人公は高校生の時、その中の一人と交際していたが、卒業直前に些細な理由で別れてしまう。

彼女も、そして彼も、もう一度やり直したいと考えているが、六人の関係性を壊したくないために、どちらも言い出せずにいる。

中途半端なまま数年が過ぎ、男性は仕事の関係で沖縄へ引っ越す。だが、彼女のことを忘れてはいない。

それは主人公も同じで、友人たちの助けもあって東京と沖縄の遠距離恋愛が始まる。もどかしいやり取りに、読者も感情移入するだろう。

だが、主人公には仕事があり、東京を離れることができない。男性も沖縄にいなければならない事情がある。

今、話はそこで止まっている。遠距離恋愛に疲れ、別れてしまうか、男性が仕事を捨てて東京に戻るか、和美が決めかねているからだ。

最初にプロットが届いた時、とわたしは言った。

「ラストをどうするか、和美さんは考えをまとめていませんでした。あの時、もっと話し合っておけば、今になって迷わずに済んだと思います」

そりゃ仕方ない、と古田が梅干しを口にほうり込み、こいつは酸っぱいな、と顔をしかめた。

「書いてみなけりゃわからないこともある。ミステリーなら、謎解きがぐだぐだのまま書き始めるわけにもいかないが、彼女が書いているのはジャンルで言えば青春小説、恋愛小説だ。プロットを固めてたって、考えが変わるのはよくある話さ。春ちゃんの責任じゃないよ」

「そうかもしれませんが……」

会社でも話したろ、と古田が冷や奴をひと口で食べた。

「おれも春ちゃんと同じで、あの二人が別れる方がいいエンディングになると思う。オーソドックスだけど、悲しい別れの方が余韻が残るからな」

『オージナリー・ピーポー』は八割方完成している。ラスト次第で、ストーリー展開に多少矛盾が生じるが、そこは直せばいい。

小説のテーマは〝青春の光と影〟だ。陳腐な表現だが、一瞬のきらめきのような学生時代と、その後の人生の対比を明確にするためには、別離を描くべきだろう。

ただ、古田も言ったように、『寂しい雪』とどこか似た印象になる。それを避けたいと考えるのは、作家なら誰でも同じだ。

作家は自分が紡いだ物語の責任を取らなければならない。出版社も、編集者も、そこには関与できない。

その意味で、編集者は無力だ。決定権は作家の側にある。アドバイスや提案はできても、最終的に結論を出すのは作家だ。

和美が迷っているのは、別れを描くべきなのに、そうしたくないと心のどこかで思っているからだ。

今なら、彼女はわたしの勧めに従うだろう。だが、和美はこれからも小説を書き続ける。

麻視出版にとっても、わたしにとっても、彼女は必要な存在だ。強要すれば、いずれ和美はわたしに不信感を抱く。

金の卵を産むガチョウを殺すのと同じで、迂闊《うかつ》なことはできない。そもそも、和美は作家で、ガチョウではない。

食い過ぎた、と古田が浴衣の上から膨らんだ腹を撫《な》でた。

「これじゃ駅弁は食えないな……とにかく、こっちからこうしろああしろと言わない方がいい。春ちゃんは真面目だから、意見を言ってくださいと言われたら断れないだろ？　曖昧っていうと何だが、ハッピーエンドもいいですけど、別れも捨て難いですよね、ぐらいにしておかないと、うまく行ってる関係を崩すことになりかねない。その辺は言われなくてもわかってるか……後は頼むよ。いいな？」

了解です、とわたしはうなずいた。結構結構、と古田がくわえた煙草に火をつけた。

2

九時五十分、わたしは山科荘のフロント前にあった丸椅子に座り、古田を待っていた。フロントと言っても、プレートがかかっているだけの狭いスペースだ。

玄関の扉が開き、母親が入ってきた。

「古田様はまだお部屋でしょうか？」

すぐ来ると思いますと答えたが、古田は現れなかった。少し黙っていた母親がわたしのバッグを指さした。

「ああ、その封筒……」

きれいな赤ですよね、とわたしは言った。

「記念にいただいてもいいですか？」

もちろんです、と嬉しそうに母親が笑った。しばらくすると足音が響き、古田がたたきの革靴に足を突っ込んだ。

「バタバタして申し訳ないです。ええと、靴べらは……」

慌てなくても大丈夫です、と母親が靴べらを渡した。

「十時に出れば、染田駅十時四十分発の電車に間に合いますから」

何から何まですいません、と古田が頭を下げると、二階から和美が降りてきた。

「本当にありがとうございました。こんな田舎までわざわざ……」

頭を下げた母と娘に、とんでもありません、と古田が顔を向けた。

「こちらこそ、お世話になりました。とにかく山科先生にご挨拶をと思い、無理を言って押しかけましたが、ご迷惑ではありませんでしたか？」

いつでもいらしてください、と母親が笑顔で言った。

「何もありませんけど、温泉だけは自慢できます。お忙しいとは思いますが、次はぜひご家族と寄っていただければと……」

一族郎党引き連れてきます、と古田が胸を叩いた。冗談ですから、とわたしは言った。

「編集長は何でもおおげさなんです」

カミさんと子供は喜ぶさ、と古田が言った。

「中学三年の双子の娘がいましてね。最近はあまり口を利いてくれませんが、温泉旅行なら付き合ってくれるでしょう。カミさんは温泉好きですし、こちらは三食付きですから、のんびりできます。下手に箱根なんかへ行くと、美術館で絵が見たいとか、そんな話になって落ち着きません。娘たちのことを任せっきりにしていたんで、罪滅ぼしじゃありませんけど、たまには女房孝行のひとつもしないと角が生えてきますよ」

あの、と和美が風呂敷に包んだ折り詰めを差し出した。

「母とわたしで作りました。よかったら、新幹線で食べてください」

すみません、と古田が折り詰めを受け取った。

「昨日の夜も、朝食も美味しくいただきました。ご面倒をおかけして、恐縮しています」

そんなことありません、と母親が小さく手を振った。

「代わり映えしない食事です。この辺りは野菜こそ新鮮ですけど、いい魚がなかなかなくて……」

本当はわたしもお見送りするべきなんですけど、と和美が言った。

「父の世話をしなければならないので、ここで失礼します。これからもよろしくお願いします」

次は東京でお会いしましょう、と古田がうなずいた。

「人も多いし、空気も汚いし、ろくなところじゃありませんがね。とはいえ、会社も案内したいですし……」

何となく苦手で、と和美が少年のように頭を掻いた。

「田舎育ちなので、都会が怖いんです。乗り物酔いもしますし……」

新幹線は大丈夫でしょう、と古田が苦笑した。

「東北新幹線が開通して、便利になりました。東京なんかすぐですよ」

そうですね、と和美が顔を伏せた。父親のこともありますので、と母親がやんわりと言った。

ご心配でしょう、と古田が口をすぼめた。

「ご主人の体調はいかがですか？　今日はご挨拶できるかと思っていたんですが」

主人もそう言ってたんですけど、と母親がまた頭を下げた。

「今朝、少し熱を出しまして、食事をとるのがやっとで……」

くれぐれもよろしくお伝えくださいと言った古田に、そろそろ出ましょう、と母親が外を指さした。

「雲が出てきました。雨になるかもしれません」

それでは、と古田が車に乗り込み、わたしもそれに続いた。朝食の後、駅まで送ります、と伝えていた。

運転席でエンジンをかけた母親が、シートベルトをお願いしますと言った。そうですか、と古田がうなずいた。

「いや、当然のことですし、運転する時は私もシートベルトをつけるんですけど、後ろの席だと面倒で……」

山道ですから、と母親がバックミラー越しにわたしたちを見た。

「ルーフに頭をぶつけたり、そんなこともあります。お気をつけください」

言われた通り、わたしと古田はシートベルトを締めた。窓を開けた古田が手を振ると、駐車場で和美が頭を下げた。

3

二、三日泊まっていただけたら良かったんですけど、と母親が声を大きくした。運転席と後部座席のシートが少し離れているので、声のボリュームを上げないと聞き取りにくい。
私もそうしたかったんですが、と古田が体を前に傾けた。

「外せない予定があったもので……次は二、三日と言わず、一週間のつもりで来ますよ」

会社に行くんですかと小声で聞いたわたしに、勘弁してくれ、と古田が首を振った。

「会議はあるけど、あんなものはパスだ。ただ、夜の会合には顔を出さないとな。大林《おおばやし》先生の三百冊記念パーティだ。欠席しますってわけにはいかない」

大林清五郎《せいごろう》は時代小説のシリーズをいくつも持っている人気作家だ。麻視出版でも『便利屋浪人古里金之介』シリーズが出ている。

今年八十歳、作家生活五十年、二カ月前、単行本、文庫を合わせて著作が三百冊になった。百冊でも凄いが、三百冊となるとめったにいない。

たまたまだが、三百冊目が麻視出版から出ていたので、パーティに出席するのは義務でもあった。

火、水、木、金曜、と古田が指を折った。

「今日から四日で片がつくか？　難しいよな……部長には話を通してある。ラストが決まるまで、粘れるだけ粘れ。何なら、来週もこっちにいたっていいんだ」

彼女だけを担当しているわけじゃありません、とわたしは声を潜めた。運転席の母親が聞いたら、娘は二の次ですか、と誤解するかもしれない。

「作家あっての編集者です。誰に対しても誠意を尽くすのが、わたしたちの仕事でしょう。月刊薊もそろそろ締め切りですし、金曜の午後……遅くても週明けの月曜には出社します」

今は山科和美の方が大事だ、と古田がわたしの肩を叩いた。

「実はさ、去年の暮れから役員、部長も交えて、組織改編の話を進めている。菰田じゃないが、今の体制で続けてたら、誰かが倒れるか、でかい事故が起きるだろう。何でもかんでもうちに押し付けるのは間違ってるよ」

そうですね、とわたしはうなずいた。今では、文芸という冠がつく本はすべて第三編集部の担当になっていた。

上は管理しやすいだろうが、現場の仕事は増えていく一方だ。いくら何でも、と第三編集部の全員が思っていた。

三人プラスして、第三編集部を二つに分ける、と古田が言った。

「新設する第四編集部では、文庫をメインにするつもりだ。おれや菰田、他に二人がそっちへ行くが、平均年齢五十歳の年寄り編集部になるだろう。世の中、ケータイ小説が流行《はや》ってる。老兵は去った方がいい。正直言えば、ついていけないよ。その分、第三に若い編集者を入れる。副編として、春ちゃんを推しておいた」

「わたしを？　無理です、経験も足りませんし……」

八年やってりゃ十分だろう、と古田が煙草をくわえた。

「役員も部長も賛成してるが、決まってはいない。人事ってのは、そんなに簡単じゃないからな。だけど、書籍編集部全体を若返らせないと、時代の波に乗り損ねる。甲園社の新人賞で『寂しい雪』はかすりもしなかっただろ？　あれがいい例だ。老舗の出版社でも、作品の価値がわからなくなってるんだ」

「はい」

「甲園社は体質が古いし、会社がでかいから仕方ないのかもしれないが、うちレベルの規模だとむしろやりやすい。才能のある新人を見つけて、育てるんだ。春ちゃんならできるって」

そうでしょうかと首を傾げたわたしに、自信を持てよと古田が笑った。

「ベテラン作家や大家の担当をしてきたんだ。パーティでノーベル文学賞候補の鍋田《なべた》先生に紹介なしで原稿を頼んだこともあっただろ？　春ちゃんはそういう度胸がある。だけど、あんな面倒臭い連中の相手をするより、山科和美とか、これからっていう作家と小説を作る方がやり甲斐《がい》があるんじゃないか？」

文庫専門の編集部を作るのは賛成です、とわたしは言った。

「今のままだと、わたしたちも新人作家に声をかける余裕がありません。うちは書き下ろし文庫もありますし、単行本と分けた方がスムーズになるはずです」

そうだろ、と煙草に火をつけた古田に、副編集長は無理です、とわたしは言った。

「そういうタイプじゃないのは、編集長もわかってますよね？」

それを言うときりがない、と窓を開けた古田が外に煙を吐いた。

「春ちゃんには後輩を育てる仕事もある。そういう年齢なんだ。まだ早いとか、そんなことを言う奴が出てくるかもしれんが、山科和美の新作を完成させれば、それが実績になるし、周りも納得する。世の中、そんなもんだって。とにかく、今の体制じゃまずい。それは上もわかってる。作家と編集者の年齢が上がっていくだけで――」

染田駅です、と母親が言った。頑張ってくれ、と古田が携帯灰皿で煙草をもみ消した。

「おれの印象だけど、彼女は友達が少ないんじゃないか？　人見知りなのは確かだし、おとなしい性格だ。作家と編集者というより、同伴者になればいい。彼女もそれを望んでると思うね」

ワゴン車がスピードを落とした。そりゃ何だ、と古田がわたしのトートバッグに顎を向けた。

部屋にあったんです、とサイドポケットから覗いていた封筒をわたしは取り出した。

「ホテルだと支配人からのウェルカムメッセージになるんでしょうけど、ようこそお出《い》でいただきました、と書いてありました。きれいなので、記念にもらおうと思って」

そんなのあったか、と古田が肩をすくめた。

「気づかなかったな。和紙だろ？　売ってるかな？」

市販品ではないので、と母親がロータリーにワゴン車を停めた。

「明治の頃、この辺にはいくつも大きな製紙工場があって、折り紙に色を染めていたのが染田町の由来です。戦前は和紙が名産品で、昭和の終わりまではどこの家でも折り紙を作っていました。染田は川が多いので、紙作りに向いているんです。でも、和紙のニーズは減る一方で、製紙工場は全部潰れました。ただ、趣味として作っている人はいます。それは奏人が作りました」

お兄さんですか、と古田が感心したように言った。

「器用なもんだな。言われてみると、おれの部屋にも封筒があった気がしてきた」

わたしが忘れたのかもしれません、と母親が頭を下げた。

「編集長と春川さんの部屋を掃除した時、置いたつもりでしたけど……すみません」

いえいえ、と古田が時計に目をやった。

「あと五分か……春ちゃん、それじゃ東京に戻るよ。何かあったら連絡してくれ。特にないと思うけどさ」

わかりました、とわたしはうなずいた。携帯は通じませんが、山科荘に電話がありますからいつでも連絡は取れます、と母親が言った。

わたしはワゴン車を降り、大きく伸びをした。ずっと座っていたので、体が痛かった。

「お気をつけてお帰りください。機会があれば、ぜひまたお越しくださいませ」

なくても来ますよ、と手を振った古田が無人の改札を抜けてホームへ向かった。遠くから電車の走行音が聞こえた。

4

「春川さん、すみません」知り合いと待ち合わせをしていて、と母親が言った。「帰りは奏人が運転しますから、少し待っていただけますか？」

「奏人さんが？」

朝から奏人の姿を見ていなかったが、出掛けていたようだ。待つほどもなく、線路沿いの細い道から奏人が姿を現した。

間に合ってよかった、と母親がほっとしたように息を吐いた。歩み寄った奏人が、編集長は電車に乗ったのと尋ねると、二、三分前よ、と母親がうなずいた。

「春川さん、本当にすいません。知り合いとは駅で待ち合わせているので、山科荘にお戻りください」

頭を下げた母親が駅舎内にある待合室へ向かった。助手席のドアを開けたわたしに、ひと廻りしませんか、と奏人が声をかけた。

「町を案内しますよ。今戻っても、昼ごはんには早いですし……よかったら、運転してみませんか？　田舎道をドライブする機会なんて、めったにないでしょう？　道は教えますから」

はい、とわたしはうなずいた。東京ではほとんど運転しないが、たまにはいいだろうと思った。

人や車が多い東京とは違い、染田なら事故を起こすはずもない。せっかく勧めてくれているのに、断ったら失礼だという思いもあった。

駅の反対側へ行ってみましょう、と助手席に奏人が座った。

「染田は小さな町です。山科荘があるのは染田西、踏切の向こうは染田東ですが、それも正式な地名じゃありません。昔から、西と東と呼ばれているだけです」

踏切を渡ると〝酒〟と大書きされた看板が見えた。町にひとつだけある居酒屋です、と奏人が指さした。

「ぼくが生まれた頃は、まだ住人も多かったですし、店もそこら中にありました。今では三千人ほどしか住んでいません。寂《さび》れる一方です」

四十七都道府県の中で、岩手県の人口は三十位前後だ。県全体で百二十万人ほど、東京の約十分の一と少ない。

百万人を切っている秋田県よりは多いが、同じ東北の宮城県と比べると半分にも満たない。

駅があるのが不思議なくらいで、地方都市の過疎化、高齢化は急激に進んでいる。民家が連なっていたが、歩いている人は見当たらなかった。

ほとんどが林業です、と奏人が言った。

「山に囲まれているので、あまり陽が差しません。農業には不向きな土地です。昔は製紙工場が四つか五つあったんですが、原料になる木が豊富だったからでしょうね」

「製紙工場の話はお母様から伺いました」

「父が子供だった頃は、染田折り紙がちょっとしたブランドだったそうですけど、今では趣味で続けている人しかいません」

奏人さんもですよね、とわたしは窓を細く開けた。吹き込んでくる冷たい風が心地よかった。

山が見えるでしょう、と奏人が前方に目を向けた。

「あれは八王山です。トンネルがあって、隣の澤藤《さわふじ》町と繋がっています。八王山で伐採した赤松を澤藤町に運ぶために、道路を整備したそうです。昭和五十年頃かな？　トラック道路、とぼくたちは呼んでいます」

「山科荘のある西は、林業より温泉が盛んなんですか？」

そうです、と奏人がうなずいた。

「東も温泉は出ますけど、宿はありません。母の実家はこの辺りです」

一時停止の表示に、わたしはブレーキを踏んだ。平屋の家がいくつか道路に沿って立っていた。

右端の家から出てきた中年の主婦が、わたしを見つめて首を捻った。知らない女が山科荘のワゴン車を運転しているのを不思議に思ったのだろう。

平家のほとんどが廃屋です、と奏人が肩をすくめた。わたしはアクセルを踏み、前に進んだ。

「さっきの兼子《かねこ》のおばさんの他は、誰も住んでいません。祖父母が亡くなったのは二十年以上前で、その頃には近所の人もほとんど引っ越して、町を出ていました。ぼくが小学生の頃です」

「学校はどこにあるんですか？」

染田町にはないんです、と奏人が言った。

「不便な話ですけど、小学校は西の矢代《やしろ》町、中学は東の澤藤町に通っていました。近所の子供をいくつかのグループに分けて、親が交替で学校へ送るんです。うちの父もお客さんの送迎用の車を使って、週に一、二度はぼくたちを学校まで送っていました」

カーブを曲がると、二階建の建物が目に入った。染田町役場の出張所です、と奏人が指さした。

「十年ほど前、町興しを試みたんですが、観光客が訪れるような町じゃありませんからね。その頃はうちともう一軒、温泉宿があったんですけど、二軒合わせて二十人しか泊まれないんじゃ、町興しも何もないですよ」

「そうですか……」

林業以外の仕事がありませんからね、と奏人が言った。

「うちは旅館なので、ぼくと和美はどうにかなりましたけど、同級生で町に残っているのは数えるほどです。仙台や東京へ出る者が多いですし、ぼくも盛岡で働いていました。何しろ遊ぶ場所がないんで、退屈なんですよ。父が体調を崩したので、こっちに戻りましたが……」

十字路を左折すると、右手に川が流れていた。相津《そうづ》川です、と奏人が言った。

「染田は川の町でもあって、他にも二つ大きな川があります。バスが通っていないのは、大雨で氾濫すると動きが取れなくなるからです」

最近はありませんが、と奏人がフロントガラス越しに空を見上げた。ぽつり、と雨粒が落ちてきた。

「雲が厚いな……本降りにならないといいんですが。十年ぐらい前、大雨で真海山が土砂崩れを起こしたことがあるんです。あの時は大変でした。山の近くの家が流されて、何人か亡くなった人もいます。ぼくも怖かったですよ」

うなずいたわたしに、戻りましょう、と奏人言った。

「つまらない話ばかりですいません。案内するようなところもなくて……十二時過ぎには山科荘に着きます。母が作った昼食がありますから、食べてください」

楽しかったです、とわたしはハンドルを切った。

「何もない方がほっとします。東京は人が多すぎて、落ち着きません。仕事が忙しくて、心が休まらないんです。来てよかったと思ってます」

こんな田舎町が気に入ったんですか、と奏人が笑った。

「気を遣わないでいいですよ。それより、妹のことをよろしくお願いします」

気を遣ったわけではなかった。仕事以外でも、人間関係のストレスがある。編集者は人と会うのが仕事だが、それもストレスのひとつだった。

「嫌なことがあって……東京から離れたかったんです」

奏人はうなずいただけだった。他人の心に土足で踏み込むような人ではない。奏人なりの気遣いなのだろう。

詳しいことはわたしも言わなかった。愚痴に思われるのが嫌だった。

マスコミの他業種と比べて、出版社は女性が働きやすいと言われているが、社長も役員もすべて男性だ。女性蔑視の風潮こそないが、やりにくいと感じることがないといえば嘘になる。

携帯電話の普及によって、どこにいても連絡が取れるようになった。便利だが、家にいても気が抜けないということでもある。

染田町は圏外なので、電話もメールも入ってこない。それだけでも気が楽だった。

わたしはアクセルを軽く踏んだ。窓から吹き込む雨交じりの風が、わたしの顔を打った。

5

山科荘に着くと、雨脚が少し強くなっていたが、先に降りた奏人が傘を差してくれたので、濡れることはなかった。

迎えに出てきた和美が、昼食はお部屋に用意してあります、と笑顔で言った。編集者が気を遣われるのも妙な話だが、客という意識がどこかにあるのかもしれない。

後でお部屋に伺います、と和美が天井に顔を向けた。

「今は父親の介助をしているので、三十分ほど後になると思いますけれど、構いませんか？」

もちろんですとうなずいて、わたしは部屋に入った。どんな料理だろうと思っていたが、炬燵に載っていたのはカレーライスだった。旅館らしくないと言えばそうだが、これもまた気遣いなのだろう。

金曜まで、わたしは山科荘に留まることになっている。月曜まで延泊するかもしれない。一日三食、いわゆる旅館の食事では飽きてしまうだろう。贅沢《ぜいたく》な話だが、誰でも同じではないか。

白い皿に盛られたカレーライスには、大きくカットした野菜がごろごろ入っていた。わたしの母が作るカレーとよく似ていた。

そして、味も家庭のカレーそのものだった。特別に美味しいとは言えないが、誰でも好きな味だ。

食べ終わるまで、十分もかからなかった。打ち合わせの準備のため、わたしはスーツケースを開いた。その時、背後でかすかな音がした。

振り向くと、濡れ縁の窓に人の顔があった。雨で濡れた窓に、誰かが顔をぴったりくっつけ、部屋の中を覗き込んでいる。

悲鳴が喉の奥で止まった。強ばった唇が動かなくなり、声が出せない。膝が激しく震え、そのまま座り込んだ。

(父親？)

その顔と、昨夜見た和美の父親が重なった。髪が長く、削《そ》いだように頬がこけ、口からはみ出した長い舌が上下に蠢いている。

ガラス窓に雨が伝っているので、顔ははっきり見えない。わかるのは、はみ出している舌の動きだけだ。蚯蚓のようだった。

「……ナサイ」

窓を叩く雨の音と共に、細い声が聞こえた。男の声なのか、女の声なのか、それもわからない。

「……ナサイ」

途切れ途切れに、声が続いている。近づけばはっきり聞こえるはずだが、わたしは目をつぶり、耳を塞いでいた。

何も見たくない。何も聞きたくない。あれに触れたくない。近づきたくない。

悲鳴を上げて助けを呼ぶか、窓に近づき、顔の正体を確かめなければならない。でも、わたしには何もできなかった。

雨が窓を叩く音が大きくなった。違う、とわたしは気づいた。顔が窓を叩いている。

こつ、こつ、こつ、こつ、こつ、こつ、こつ、こつ、こつ、こつ
顔がゆっくりと窓を叩く音が、どんどん大きくなっていた。このままでは窓が割れる。その時、何が起きるのか。

ドアをノックする音に、わたしは顔を上げた。春川さん、という和美の声がした。

「入ってもいいですか？」

駄目、とわたしは両手を伸ばした。入ってはいけない。あなたも巻き込まれる。

ドアが開く細い音に目を開けると、和美が立っていた。頬に笑みが浮かんでいた。

「そろそろご飯終わったかなって……どうしたんです？　何かありましたか？」

わたしは窓に目をやった。そこには誰もいなかった。

「春川さん？　大丈夫ですか？」

畳に手をついて立ち上がり、濡れ縁の窓を開いた。吹き込んでくる雨で顔が濡れたが、構わずに素早く左右を見た。

人の姿はなかった。下に目を向けたが、コンクリートの足台があるだけだ。

濡れます、と和美がわたしの肩に手をかけた。

「外に何が？　どうしてそんな……」

わたしは手を伸ばし、外からガラスに触れた。雨粒が表面を濡らしていたが、それとは違う不快な何かを指が感じていた。

蛞蝓が這った後に残る、ぬらぬらとした粘液。それが指にまとわりつき、離れなかった。

和美を押しのけ、洗面台へ小走りで向かった。何度水で洗っても、そのぬめりは取れなかった。

五分ほどそうしていただろうか。流し っ放しの水で指を一本ずつこすり、タオルで強く拭うと、ようやくぬめりが消えた。

振り向くと、怯《おび》えた子供のような顔で、和美がわたしを見ていた。

「あの……もしかしたら、わたしを待っているうちに寝ていたとか、そういうことですか？気にしないでください。もっと早く来るつもりだったんですけど、父の食事が終わらなくて……」

はっきりと、わたしは混乱していた。動揺と言ってもいい。

だが、何があったか和美に話すわけにはいかなかった。山科荘に幽霊が出たと言っても信じるはずがないし、不快に思うかもしれない。

そして、あれは和美の父親だった。父親を化け物呼ばわりされたら、誰でも嫌だろう。

どうしていいのかわからないまま、無言でわたしは炬燵に足を入れた。向かいの座椅子に和美が座った。

「……お父様の体調はいかがですか？」

平静を装って、わたしは尋ねた。心臓が大きく鳴っていた。

ご心配をおかけしてすみません、と和美が小さく頭を下げた。

「いい時と悪い時の差があって……今日は朝から調子が良くないんです。今もお粥《かゆ》を食べるのに、一時間近くかかりました。でも、よくあることなんです」

介助、とわたしはつぶやいた。和美は父親の食事の世話をしていた。つまり、父親は二階にいたのだ。

では、あれは誰だったのか。わたしは窓に目を向けた。

食事の介助を終えた和美は、階段で二階から一階へ降り、この部屋に来た。足元もおぼつかない父親が床から抜け出し、山科荘の裏へ回ったとは考えられなかった。そんなことができるはずもない。

そして、和美が部屋のドアをノックし、入ってもいいですかと声をかける直前まで、あの顔は窓の外にいた。目をつぶっていても、気配でわかった。

ドアが開いた時、わたしは目を開けた。その数秒の間に、顔は消えていた。

すぐに窓を開け、外を見た。そこは狭い庭で、垣根があるため左右にしか動けない。

部屋は山科荘の奥にある。ガラス窓の前に立っていたなら、十メートルほど移動しないと庭から出ることはできない。

数秒で立ち去るのは、誰にとっても難しい。ましてや、父親には絶対に無理だ。

では、誰が立っていたのか。それとも、すべて夢だったのだろうか。

そんなはずない、とわたしは自分の指を見つめた。ぬめりは取れていたが、不快な感触は残っていた。

誰かが窓に顔をつけ、舌を伸ばしていた。ガラスに付着していたのは唾液だ。他に考えられない。

（でも）

濡れ縁の真下にあるコンクリートの足台に、足跡はなかった。雨でぬかるんだ庭を歩けば、靴、もしくは足が泥で汚れただろう。足跡が残らないはずがない。

あれは人間だった。少なくとも、顔は人間のそれだった。

訳がわからなかった。あれが人間だったとすれば、足跡がないのはおかしい。やはり、夢を見ていたのか。

違う、とわたしは首を振った。昨夜、温泉で影を見た時は疲れていたし、もしかしたら一分、もしくはそれ以上寝入っていたのかもしれない。夢だと言われても、否定できない。

だが、今は起きていた。打ち合わせのために資料を出そうと、スーツケースを開いたのも覚えている。

ナルコレプシーという病気がある。その症状は睡眠発作と呼ばれる。

自転車を漕《こ》いでいる時や、人と会話している時、瞬間的に眠りに落ちてしまう。誰でも退屈な会議や授業中に居眠りすることがあるが、それとは違う。

神経の働きの停止、感染症や頭部外傷が睡眠発作の一因だが、はっきりした原因はわかっていない。

ただ、わたしはナルコレプシーの兆候を指摘されたことがなかった。岩手に来て、突然発症するはずがない。

では、わたしが見たあれは何だったのか。幽霊と考えれば、それなりに説明はつくが、昼間の十二時に出る幽霊などいないだろう。

わたしに霊感はないし、心霊現象にも興味がなかった。そもそも、幽霊の存在を信じていない。そんなわたしに、幽霊が見えるとは思えなかった。

それに、幽霊だとすれば唾液の説明ができない。今まで考えたこともなかったが、幽霊に実体はないはずだ。実体がないものが唾液を残すだろうか。

舌の動きは、生きている何かだった。長く伸びた真っ赤な舌には、明確な意志があった。幽霊ではなく、人間としての意志だ。

あれはわたしに何かを訴えようとしていた。伝えようとしていた。

不気味だったが、悪意や敵意は感じられなかった。昨日、露天風呂で見た影と同じだ。

わたしは手を強く握った。いくら考えても、答えは出ない。あれの正体がわかるはずもない。

ちょっとぼんやりしていただけなんです、とわたしは急須にポットの湯を注ぎ入れた。少しだけ、気分が落ち着いていた。

「気にしないでください。打ち合わせを始めましょう」

意外です、と和美が微笑んだ。

「何ていうか、春川さんってもっとてきぱきしたイメージがあったんですけど……」

キャリアウーマンってわけじゃないんです、とわたしは言った。

「編集者はしっかりしていると思われがちですけど、そんなことありません。むしろ、普通よりだらしないかもしれません。気を張っていないと務まらない仕事なのは本当ですけど、気が抜けた時は酷《ひど》くて……今がそうだっていう意味じゃないんです。カレーを食べて、ひと息ついていただけで……」

お腹がいっぱいになったら、誰でも眠くなりますよね、と和美が言った。

「わたしも原稿を書く時は、何も食べないようにしています。集中力も落ちるし、少しお腹が空《す》いているぐらいの方が調子がいいんです」

送ってもらった原稿ですが、とわたしはノートを開いた。

「何度も目を通しています。いくつか気になるところがあるので、そこから始めてもいいですか？」

お願いします、と和美が座り直した。わたしは湯呑み茶碗にお茶を注ぎ、彼女の前に置いた。

四章　自殺

1

「作家は愛情貧乏だからね」

一昨年退職した坂崎《さかざき》部長が文芸編集部に配属されたわたしにそう言ったのは、八年前のことだ。

新人というより、見習い編集者に過ぎなかったわたしにはその意味がわからなかったが、一年も経たないうちに、なるほど、と思うようになった。

作家は寂しい職業だ。アイデアを出す、構想を練る、展開を考える、そこは編集者も意見を言えるが、執筆は一人でやるしかない。

ごく稀《まれ》に、合作というスタイルで物語を紡ぐ者もいるが、基本的にはすべての作家が一人で原稿を書く。

やむを得ない話で、一卵性双生児だとしても、性格や考え方が完全に同じではない。同じ発想で小説を書いても、文体はそれぞれ違う。統一感のない小説など、誰も読まないだろう。

クリエイティブな仕事は他にもある。テレビや映画、演劇、ミュージシャン、数え上げたらきりがない。

その多くは複数で創作し、ライブという場があるから観客の反応がダイレクトに伝わる。専業の作詞家、作曲家などを除けば、仕事仲間もいるし、複数の人間が関わっている。

だが、作家は一人きりで、書いては直し、直しては書き、という孤独な作業を続けなければならない。

読者の反応も伝わりにくい。売れたから満足できるわけでもないし、売れなければもっと悲惨だ。

いわゆる兼業作家であれば、会社で同僚と話したり、飲みに行くことで息抜きができる。だが、専業作家には愚痴を聞いてくれる相手もいない。

出版社の規模にもよるが、編集者は担当作家を三十人前後抱えている。だから、一人の作家とだけ向き合っているわけにはいかない。愛情貧乏というより、コミュニケーションに飢えていると言うべきかもしれない。

山科荘に来たのは、わたしと和美の関係性を強固にするためもあった。囲い込むというと表現がきついが、ベストセラー作家を独占したいと考えるのは、編集者なら誰でも同じだろう。

『オージナリー・ピーポー』について、基本設定の確認や書き終えた原稿の疑問点を話し合ったが、それほど時間はかからなかった。一時間ほど世間話をしていると、散歩でもしませんか、と和美が言った。

部屋にいるだけだと煮詰まるのは、すべての作家が同じだ。気分転換を兼ねて、山科荘周辺を案内してもらうことにした。

本当に人が減ってしまって、と玄関を出た和美が近くの家を指さした。

「この辺にも小学校の同級生が住んでたんですけど、不便なこともあって、ほとんどが引っ越していきました。染田町に残っているのは、七、八人です。生まれた時から知ってますし、男女関係なく仲良くしていますけど、この二年ほどは集まることも少なくなって……」

「小学校の友達ですよね？　人が少ないと、関係が密になるんじゃないかって思ってました」

小さい時から一緒に遊んでいます、と和美が苦笑した。

「お互い、家族のこともよく知ってますけど、距離が近すぎて、集まっても同じ話の繰り返しで、みんな飽きてるところがあるんです。最近は月に一回会うか会わないか、そんな感じかな？　わたしは時間がある程度自由になりますけど、仕事をしていたり、結婚した人もいますから、意外とタイミングが合わないんです」

二キロほど南に向かって歩くと、和美が足を止めた。ただ土地が広がっているだけの場所だ。

「この辺りに昔は建て売り住宅が建ち並んでいたんですけど、わたしが中学に入った年に火事があって……あの時は大変でした。亡くなった方も何人かいましたし、一夜で家が焼け落ちてしまったので、泊まるところと言えばうちぐらいだったんです。焼け出された人は三十人以上いたと思います。山科荘の客室はもちろんですが、わたしや兄の部屋も空けました。困った時はお互い様で、当たり前のことですけど」

緩やかな上り坂をしばらく歩いていると、高台に出た。朽ちかけた木の柵が、サッカー場ほどの草っぱらと黒い地面を囲っている。周囲に木々が生い茂り、見渡す限り林が広がっていた。柵の中に、錆《さ》びついたジャングルジムと腐りかけたベンチがいくつか並んでいるだけだ。寂しげな光景だった。

「垂縁《すいえん》公園っていうんです。小さい頃はここで遊んでいました」

柵を和美が押し開けると、上に溜まっていた泥が地面に落ちた。

「他にも遊具が置かれていたんですけど、子供が怪我をしたこともあって、危ないからと撤去されました。十五年ぐらい前です。住人が減り始めたのもその頃で、反対する人はほとんどいませんでした。そうやって、いろんな物が削ぎ落とされていったような気がします。人が離れていったのは、仕方ないのかもしれません」

地方の疲弊が問題になって久しいが、染田町はその典型だった。車がなければ買い物ひとつできない。店もろくにないのだから、遊ぶのはもちろん、集まるのも難しい。

地域のコミュニティがなくなれば、人は暮らせない。東京にいるとわからないが、それが地方の現実だった。

垂縁公園の中を歩いていると〝こどもひろば〟と看板があった。そこに金網があり、古いシーソーとブランコが置かれ、砂場もあった。

砂場はかなり大きく、何カ所か穴があった。わたしは子供の頃を思い出して、少しだけノスタルジックな気分に浸っていた。

砂場の一角に、白い絨毯《じゅうたん》が敷かれていた。遊びに来た親子連れが置いていったのだろうか。

絨毯を見ていると、動いているのがわかった。何なのか、と前に出ようとすると、和美がわたしの腕を摑んだ。

「……蛆《うじ》です」

異常な数の蛆が穴から絶え間なく這い出し、絨毯の中に入っていく。どんどん数が増えていき、幾重にも重なりながら、動き続けていた。

千匹、五千匹どころではない。数万を超えているのではないか。

絨毯が厚みを増し、五センチほどの高さになると、一気に崩れていく。それが何度も繰り返された。

数万匹の蛆がひとつの意志の下、動いているようで、気味が悪かった。

わたしたちは顔を見合わせ、ゆっくりと後ずさった。大きな音を立てたら、数万匹の蛆がわたしたちを襲うかもしれない。

あり得ないとわかっていても、考えただけで気分が悪くなった。わたしと和美は競走するように砂場から離れた。

蛆は蛆で、駆け出したわたしたちに追いつくはずもない。百メートルほど走ったところで、わたしは足を止めた。息が苦しくなっていた。

高校まではもう少し町らしかったんです、と和美がせわしなく息を吐いた。

「青森の大学に進学して、戻ってきた時は驚くほど人が少なくなっていました。たった四年でこんなに変わるんだ、と思ったのを覚えています。帰省するのはお正月だけだったので、気づかなかったんですね」

子供広場を抜けると、緑が濃くなった。散歩には格好の道だが、すれ違う者はいなかった。

染田町には三千人ほどが住んでいるそうですね、とわたしは言った。

「仕事とか買い物はどうしてるんですか？」

うちみたいな自営業は別ですけど、と和美がハンカチで額の辺りを拭った。わたしの背中にも、じんわりと汗が伝っていた。

「ほとんどの人が駅で二つ先の銀川《ぎんがわ》市で働いています。車で出勤している人が多くて、買い物も銀川市のスーパーに行きます。うちも買い物はほとんど銀川市ですね。電車でも行けますし、駅前にスーパーがあるので、そんなに不便じゃないんです」

完全な車社会ですねと言ったわたしに、数年後には染田町と隣の矢代町が銀川市に併合されるそうです、と和美がスニーカーで石ころを蹴った。

「染田の住人の七割近くが六十五歳以上で、町全体が老人ホームみたいになってます。十年以内に住人が二千人を切る、と町役場の職員が話していました。そうなったら、もうやっていけません」

声に諦めが混じっていた。それからしばらくわたしたちは歩き続けたが、山科荘に戻るまで、ほとんど会話はなかった。

2

作家にはそれぞれ執筆スタイルがある。昔の文豪なら、難しい顔をして原稿用紙と睨み合っていただろう。今でもベテランの作家はそれに近い。

手書き、ワードプロセッサー、パソコン、いずれにしても、どこでもできる仕事ではない。

一般的には、自宅の部屋で書く作家が多い。執筆に集中するためには、ある程度閉じた空間の方が望ましい。

ただ、部屋に籠もっているだけだと、かえって集中力がなくなる。試験勉強のため、机に向かっていても、気づくとマンガを読み始めていた、そんな経験は誰でもあるはずだ。

それと同じ現象が作家にも起きる。締め切りが迫っていれば、それ自体が集中力を高めるが、長くは続かない。

わたしとの散歩が息抜きになったのか、山科荘に戻ると、続きを書いてみます、と和美が自分の部屋に入った。

わたしは持参していた他の作家のゲラを読み、赤字の転記という作業を始めた。作家には悪筆家が多く、何を書いているのかわからない場合がある。

暗号と似ていて、前後の文脈から解読していくのだが、うまく読み解けるとそれなりに面白かった。

作業に没頭しているうちに、時間の感覚がなくなっていた。気づくと、部屋の窓から西日が差し込んでいた。

時計に目をやると、四時半になっていた。同じ姿勢でゲラを読んでいたので、肩が張っている。首を左右に振ると、骨が折れたような大きな音がした。

ドアをノックする音と、春川さん、と呼ぶ細い女の声が重なった。立ち上がってドアを開けると、和美の母親が立っていた。

「お仕事中、申し訳ありません。今日の夕食なんですけど――」

何時でも構いませんと先回りして言ったわたしに、ちょっと訳があって、と母親が声を低くした。

「よろしければ、わたしたちと一緒に……」

「構いませんが、かえってご迷惑では？　ご家族で過ごす時間ですよね？」

一家団欒《だんらん》の邪魔をする気はなかったし、床に伏せている父親のこともある。他人のわたしに気を遣わせたくはないだろう。

言いにくいんですけど、と母親が唾を飲み込んだ。

「実は、田渕《たぶち》さんという和美の同級生が自殺したらしくて……わたしも詳しいことはわかってないんですけど、自宅近くの納屋で遺体が見つかったそうです」

「自殺……？」

奏人は染田町の青年団に入っているので、警察に協力を頼まれました、と母親が話を続けた。

「駅の反対側に、交番がひとつあるだけの町です。人がいないので、何かあると青年団が出ることになっています。奏人が車を使っているので、夕食の材料を買いに行けなくて……あり合わせの食事しか用意できません、と母親が頭を下げた。

「申し訳ないですけど、よろしいですか？」

一人で食べるより、皆さんと一緒の方がむしろありがたいです、とわたしは言った。

「和美さんとも話せますし、わたしのことは気にしないでください。それより、自殺というのは……」

奏人が戻れば詳しいことがわかると思います、と母親がまた頭を下げた。

「田渕さん……由香子《ゆかこ》ちゃんのことはよく知っています。わたしが聞いたのは、先週の金曜に仕事を休んでいたことぐらいです。何で自殺なんか……とても素直ないい子で、ご両親とも親しくさせてもらっています。でも、わたしから連絡するのはちょっと……」

「和美さんは知ってるんですか？」

さっき伝えました、と母親がうなずいた。

「高校を出てから、由香子ちゃんは銀川市の郵便局に勤めていたんです。それまではうちにもよく遊びに来てましたけど、和美が青森へ行ってからは、そういうこともなくなって……会う機会も減っていたようです。それでも、時々同級生が集まっていたのは聞いていました。小学校からの友達ですから、和美も泣くばかりで……何と言って慰めたらいいのかわかりませんでしたけど、少しは落ち着いたようです」

狭い町だから、小学校の同級生との付き合いは深かっただろう。仲が良かった友達が自殺したと聞けば、誰でも驚くし、ショックを受ける。

和美はまだ二十六歳で、死に慣れていない年齢だ。病気で長く入院していた友人が亡くなるのとは違う。突然の死に動揺しないはずがない。

しかも、病死や事故死ではなく、自殺だ。悩みを抱えていたのだろうが、友人として、それに気づかなかった罪悪感があるのかもしれない。

和美さんと話してきますと言ったわたしに、今はそっとしておいた方が、と母親が首を振った。

「染田町の子供は、中学まで同じ学校に通います。男の子も女の子も関係なく、一緒に遊んでいました。由香子ちゃんとは特に仲が良かったので、ショックも大きいでしょう。しばらくは一人にしておいてもらえますか？」

わたしも死に慣れていなかった。同じ中学出身の男の子が高校二年の冬に交通事故で亡くなったが、それほど親しかったわけではない。高校が違ったこともあって、どこか他人事のような感覚があった。

学生時代の友人で、他に亡くなった者はいない。こういう時、何を言えばいいのかわからなかった。

わたしは自殺した女性のことをまったく知らない。和美との関係性もだ。

安易に慰めの言葉をかけるのは違うだろう。奏人さんが戻ってきたら教えてください、と言うしかなかった。

「詳しい事情がわかれば、和美さんと話せると思います。でも……食事どころではないかもしれませんね」

うなずいた母親がドアを閉めた。わたしは掘り炬燵に足を入れ、原稿に目をやったが、読む気になれないまま、赤のボールペンを置いた。

どういう形で話を聞くにしても、興味本位と思われたくなかった。夕食の時に聞いた方がいいだろう。

3

春川さん、とわたしを呼ぶ声が聞こえたのは、それから三十分ほど後だった。

ドアを開けると、瞼《まぶた》を腫らした和美がそこにいた。大きな瞳から、ひと筋の涙がこぼれた。

「ユカのことは聞いてますよね？」

落ち着いて、とわたしは和美の手を握った。

「わたしは彼女……由香子さんのことを知りません。でも、あなたの辛《つら》い気持ちはわかるつもりです。わたしでよければ、何でも聞きます」

よくわからなくて、と和美が廊下を歩きだした。玄関脇の狭い階段を上がると、すだれの奥にダイニングキッチンが見えた。

山科荘は旅館で、部屋は和室だ。全体の感じも古めかしく、二階もそうだろうと思っていたが、キッチンとダイニングルームは洋間だった。

こんばんは、と料理を載せた大皿をテーブルに置いた奏人が頭を下げた。

「すいません、お客様にご迷惑をかけるのは違うんじゃないかって、母には言ったんですが……」

いいんですと首を振ったわたしに、どうぞ、と奏人が手前の椅子を引いた。その時、奥の席に和美の父親が座っているのに気づいた。

全身の肉が削げたように落ち、枯れ木のように痩せ細っている。頬骨が浮き出た顔は髑髏《どくろ》のようだった。

くすんだ緑色のセーターの上に、丹前をはおっている。座っているだけで、体はまったく動いていない。気づかなかったのは、そのためだった。

こんばんは、と声をかけると、父親の唇がかすかに動いたが、声は聞こえなかった。

話せないんです、と奏人がわたしの耳元で囁いた。

「寝たり起きたりで、日によって体調が変わります。今日はまだいい方ですが、日曜からまとまった言葉が出なくなりました。お医者さんの話では、認知症の兆候があると……」

どいてちょうだい、と母親がみそ汁の入った鍋をテーブルに置いた。

「すみません、春川さん。うちは昔からこうなんです。大皿に盛った料理をそれぞれが取り分けて、おみそ汁やご飯も自分でよそいます。春川さんの分はわたしがしますから、座っていてくださいね」

母親が重ねていた木の椀をひとつ取り、お玉でみそ汁を注いだ。流れるような動きでごはんを茶碗によそい、わたしの前に置いた。

父親の隣に座った和美が鰺《あじ》の干物を丁寧に箸で二つに分け、ひと口大に切った。そのまま父親の口に近づけ、開いた唇の隙間に差し入れると、ゆっくりと嚙《か》んでいたが、喉の動きで食べたのがわかった。

家の料理で申し訳ないんですけど、と母親が立ったまま言った。

「お好きなものを小皿に取ってくださいね」

鰺の干物、肉ジャガ、子芋の煮っころがし、納豆、キノコとひき肉の炒《いた》め物、漬物などが雑然と並んでいる。どれも美味しそうだった。

わたしの隣に腰を下ろした奏人が、苦手なものはありますかと聞いた。

辛い料理が得意じゃありません、とわたしは口を答えた。

「舌が子供だって、よくからかわれます。カレーも激辛だと駄目ですし、タイ料理もそうですね。唐辛子やタバスコも使いません。何年か前、忘年会で間違って激辛の麻婆豆腐《マーボーどうふ》をひと口食べたら、汗が止まらなくて大変でした」

母の作る料理は薄味です、と奏人がうなずいた。

「口に合うと思いますよ。とにかく、食べましょう」

わたしは箸を持ち、みそ汁に口をつけた。

「奏人……どうだったの?」

食事時に話すようなことじゃないけど、と生姜《しょうが》焼きが載った大皿を置いた母親が和美の横に座った。由香子ちゃんだったよ、と奏人が言った。

「後で話す。それでいいだろ？」

無言のまま、母親が視線を逸《そ》らした。和美が二つに割った子芋を父親の小皿に載せた。

4

一時間ほどで夕食が終わると、母親が皿を片付け、和美がお茶の用意を始めた。

「他のお客さんはいいんですか？」

わたしの問いに、昼前に帰りました、と奏人が答えた。

「そうか、春川さんは和美と散歩に行ってましたよね……金曜に二組予約が入ってたかな？でも、今日から三日間は春川さんだけです」

お茶受けを切らしていて、と母親が絞り豆を小皿にあけた。

「気が回らなくてすみません。よかったら食べてください」

和美が大きな土瓶からそれぞれの湯呑みにお茶を注ぎ、最後に吸い口のついた容器を父親の口に当てた。喉が渇いていたのか、勢いよく飲む音がした。

しばらく沈黙が続いたが、話しておいた方がいいだろうね、と奏人が口を開いた。

「銀川の警察署から、警官が何人か来ていた。パトカーや救急車も停まっていたし、やじ馬も十人ぐらいいたよ。救急隊員たちが話しているのを聞いた。昔、田渕さんの家は農業をやってただろ？」

そうだったわね、と母親がうなずいた。うちから駅に向かって二キロぐらい先に家と畑がある、と奏人が言った。

「農作業用の納屋で、由香子ちゃんは見つかったそうだ。自殺したのは土曜らしい」

体調を崩して家にいたって聞いたけど、と母親が眉をひそめた。風邪をひいて郵便局を休んだのは先週の金曜日だ、と奏人が言った。

「その夜、由香子ちゃんは土曜から仙台へ二、三日遊びに行くとご両親に伝えていた。後でわかったけど、家を出た時、由香子ちゃんは荷物を持っていなかったようだ。最初から、自殺するつもりだったんじゃないかな」

母親がため息をついた。和美の目に涙が浮かんでいる。

「土曜の昼前、由香子ちゃんは家を出た。その時、ご両親は出掛けていたから、姿を見ていない。仙台へ行ったと、ご両親は思っていたんだ。でも、急用があって昨日お母さんが携帯に電話したら、何回かけても繋がらなかった。何かあったんじゃないかって、心配したお母さんが警察に相談すると、今朝、警官が家に来て、納屋から異臭が漂ってるのに気づいた……ぼくが聞いたのはそれぐらいだ」

かわいそうにねえ、と母親がため息をついた。

「どうして自殺なんか……せめて、すぐに見つかっていれば良かったんだけど……」

自殺の理由はまだわかっていない、と奏人が腕を組んだ。

「一週間ほど前から風邪をひいていたのは本当で、体調が悪かったみたいだけど、欠勤してたわけじゃないし、変わった様子はなかったそうだ。ぼくも彼女のことは知ってるけど、親しかったわけじゃないから、何か悩みがあったんだろうと言われたら、そうかもしれないとしか言えないな」

どうしたのかしらね、と母親がつぶやいた。

ぼくに聞かれても、と奏人が肩をすくめた。

「和美の友達だし、道ですれ違えば挨拶ぐらいはするけど、それだけだ。由香子ちゃんと秋穂ちゃん、香椎《かしい》さんちの紀子《のりこ》ちゃん、今も染田に住んでる女の子はその三人だけだろ？　でも、歳が離れてるし、ぼくは盛岡にいたから、話す機会はそんなになかった。中丘《なかおか》くんとか、少年野球の後輩とは付き合いがあるけど、女の子たちとは接点がないからね」

金曜、田淵さんの奥さんに用があって電話したのよ、と母親が言った。

「出たのは由香子ちゃんで、少しだけ話したけど、おかしな感じはしなかった。どうしてかしらねえ……」

何かあったのか、と視線を向けた奏人に、知らない、と和美が首を振った。

「ひと月ぐらい前に、四人で会ったの。一年前に紀子が結婚してから集まりにくくなってたけど、秋穂が婚約したでしょ？　そのお祝いも兼ねて、銀川のイタリアンでランチした。でも、悩んでいるような素振りは何も……ユカはすぐ顔に出るから、何かあればわかったはず」

お前たちが会った後に、何かあったかもしれないだろ、と奏人が言った。

低い呻き声に、わたしは顔を上げた。父親の顔がかすかに震えていた。

「お父さん、大丈夫？」立ち上がった母親が、父親の背中に手を当てた。「疲れたの？　もう寝る？」

ゆっくりと父親が手を動かし、テーブルに載せた。何度もまばたきを繰り返している。

奏人、と母親が呼んだ。

「お父さんをトイレに連れていって。春川さん、ごめんなさい。みっともない話ですけど……」

いえ、とわたしは顔を伏せた。一人での排泄《はいせつ》が難しいのだろう。

わたしの祖父もそうだった。奏人が言っていたように、認知症なのかもしれない。

祖父の認知症は酷かった。徘徊《はいかい》が毎日のように続き、目が離せないために、同居していた叔母は仕事を辞めたほどだ。

ただ、和美の父親は歩くのがやっとだ。トイレ、入浴、着替え、その他日常生活の世話はともかく、徘徊や暴力はないだろう。

脇に手を入れた奏人が痩せ細った体を背負うようにして、廊下に向かった。

5

部屋に戻り、入浴の支度をしていると、ノックの音がした。

「今、いいですか？」

どうぞ、と声をかけると、和美が入ってきた。食事をしたためか、表情が少し和らいでいた。

「何かばたばたしちゃってすいません」

頭を下げた和美が掘り炬燵に足を入れた。気にしないでください、とわたしは言った。

「小説の中では自殺とか殺人がよく出てきますけど、現実にはめったに起きません。正直に言うと、死をリアルに感じたことがあまりなくて……由香子さんが亡くなられて辛いでしょう。それなのに、何も言えない自分がもどかしくて……」

友達と電話で話しました、と和美が受話器を耳に当てる仕草をした。

「兄が話していた秋穂と紀子、それに同級生の山手《やまて》くん……みんな、どうしていいのかわからないみたいで、紀子は泣いてるだけでした」

「親しかったんでしょう？」

もちろん、と和美がうなずいた。

「こんな小さな町ですから、嫌でも仲良くなります。小学校が隣町にあるので、あたしたちは車で通っていました。染田グループ……そう呼ばれてたわけじゃありませんけど、家が離れている子たちとは、休みの日に遊べません。染田町の子供たちだけで過ごすしかなかったんです」

環境で友人が決まるのは、どこでも同じだろう。わたしは小学校三年まで、都営団地に住んでいたが、クラスは団地組と自宅組にはっきりと分かれていた。

仲が悪いわけではない。団地組と自宅組という区分けと関係なく、一緒に遊んでいたけれど、帰る時は二手に分かれる。同じ団地組の間に仲間意識が生まれるのは、その意味で当然だった。

「あの、誰にも言わないでくださいね。ユカは兄のことが好きだったんです」

「奏人さんをですか？」

同級生の兄に憧れる女子は少なくない。自殺した女性は、奏人より七歳下だ。小学校高学年の時には高校生で、大人に見えただろう。

奏人のルックスには、女性を魅きつける何かがある。ただ美しいとか、そういうことではない。繊細な表情は独特で、夢中になる子が大勢いたのではないか。

ユカはそういうことを口にしない子でした、と和美が言った。

「でも、付き合いが長かったし、女子同士ですから、そんなのすぐにわかります。何でも顔に出ちゃう子で、意識しているから、兄がいると無口になってしまうんです。わたしだけではなく、友達も気づいていました」

昔の話ですよ、と慌てたように和美が手を振った。

「小学校とか、中学の頃です。わたしたちが中学に入る前、兄は就職して染田を離れましたから、顔を合わせることもなくなって……十二、三歳だと、会えない人をずっと想い続けるのは難しいですよね」

「奏人さんは……お付き合いしてる人がいるんですか？」

「アパレルで働いてた頃、ひとつ下の社員さんと同棲《どうせい》していたそうです」

もしかして、と和美が上目使いでわたしを見た。

「兄のことが気になってるとか？」

まさか、とわたしは首を振った。少しだけ表情が固くなっているのは、自分でもわかっていた。

すいません、と和美が言った。

「冗談です。そんな顔しないでください」

素敵な人だなって思ってます、とわたしは苦笑した。

「でも、奏人さんのことは何も知りません。遅くても週明け、わたしは東京に戻ります。それに、担当作家のお兄さんですから……」

わかってます、と和美がうなずいた。

「春川さんって、一目惚れするタイプじゃないですもんね。兄もうちを離れることはできませんから、遠距離恋愛といっても……あの、作家の家族は恋愛の対象にならないんですか？」

人によると思いますけど、とわたしは言った。

「作家のお兄さんとか、お姉さんに恋をする、そんなことが絶対にないとは言えません。男と女ですから、何があるかはわからないでしょう？　でも、わたしは別れた時どうなるか、そんなふうに考えてしまう性格なんです。別れれば、誰でも傷つきます。作家と会う時、そんな感情が顔に出てしまうかもしれません。仕事面でのマイナスを考えると、わたしにはできません」

そうなんですね、と和美がうなずいた。作家と編集者が結婚することもあります、とわたしは言った。

「愛し合ってるなら、何の問題もありません。作家本人、その家族と恋をすることもあるでしょう。ただ、やっぱり作家は特殊な職業ですから、プライベートと仕事が重なるのは避けたいと考える編集者の方が多いのは間違いありません。駄目な人は絶対に駄目でしょうね。踏み切るには、よほど強い想いがないと難しいと思います」

兄じゃ駄目ってことですね、と和美が手を叩いて笑った。

「春川さんが東京に戻ったら、振られちゃったねって言っておきます。悔しがるだろうな、春川さんは兄のタイプだし――」

それより、とわたしは和美の話を遮った。

「『オージナリー・ピーポー』が気になっています。ラストについて、和美さんが迷うのはわかりますが、方向性は決めておいた方がいいと思うんです。あなたは計算で書くタイプの作家じゃないし、わたしも自分の意見を押し付ける編集者ではありません。ただ、この段階まで来ると、ラストを想定して書いた方が――」

春川さんが東京に帰るまでに決めます、と和美が少年のように頭を掻いた。

「何ていうか、結論を出すのが不安で……でも、ずっと引きずっているわけにもいきませんよね。もう少しだけ時間をください」

待つのが編集者の仕事ですと言うと、立ち上がった和美が部屋を出て行った。わたしは小さくため息をついて、着替えの下着をバスタオルで包んだ。

6

他に客がいないため、露天風呂は貸し切り状態だった。時間を気にしなくていいので、ゆっくりと過ごせた。

いつ床に入ったのか覚えていないが、目が覚めたのは朝六時前だった。顔を洗い、歯を磨いてから、着替えて山科荘を出た。

朝霧が辺りを覆う中、駅への道を歩いた。自殺した田渕由香子の家を見に行こうと思ったのは、顔を洗っていた時だ。

言い訳しておくと、好奇心ではない。わたしは三十人以上の作家を担当しているが、三分の一はミステリー作家で、専門でなくてもミステリー小説を書く作家が同じぐらいいる。

彼らが扱うのは、主に殺人事件だ。そこには必ず事件現場の描写があるし、警察官や刑事も登場する。

作家の九十九パーセントは警察関係者ではない。彼らは資料に当たって執筆するが、死体どころか、事件現場を自分の目で見た者はいないはずだ。

麻視出版は伝統的にミステリーに強く、編集者の中には警察とのパイプを持つ者もいた。わたしも先輩編集者の紹介で、現役の刑事と会っていたし、何度か作家と警視庁見学に行ったこともある。

ただ、刑事に話を聞いても、すべてがわかるわけではない。事件が起きた時、警察はどう動くのか、その辺りは参考資料に基づいて書くだけだ。

読者も実際に見たことがないから、そんなものだろうと思って読んでいるはずだが、本当はどうなのか、という疑問が常にあった。一度でも見ておけば、作家に話ができる、という考えが頭にあった。

殺人と自殺は違うが、自殺が変死扱いになるのは知っていた。病死や事故死より、殺人に近い。

殺人事件の現場に入るのは無理だが、自殺なら何とかなるかもしれない。警察も厳しいことを言わないのではないか。

染田町は岩手の片隅にある小さな町だ。見るだけならいいでしょう、と警察官が言う可能性はあった。

自分の目で見ないと、それは違います、と作家に言えない。参考資料を百冊読むより、説得力のある意見が言えるようになるだろう。

場所の見当はついていたし、現場に行き着けなくても、朝の散歩と思えば損はない。

駅に向かって三十分ほど歩くと、道の端に停まっているパトカーが見えた。

少し前から強い風が吹き始め、霧が晴れていたので、周囲の様子がわかった。畑と林が交互に広がっていた。

二人の制服警察官が一軒の家の前に立っていた。わたしは年かさの警察官に近づいて、名刺を渡した。

出版社の方ですか、と怪訝《けげん》そうに警察官が名刺に目をやった。取材で染田町に来ています、とわたしは言った。

「自殺者が出たと聞きました。担当しているミステリー小説の参考になればと思い、少しだけでも構いませんので、現場を見せてもらえないかと――」

麻視出版、と警察官が眼鏡を鼻の上にずらした。老眼のようだ。

「聞いたことがあります。あれでしょ、アザミブックスの会社ですよね？　早戸聖次《はやとせいじ》の秘湯刑事シリーズとか、後は何だっけな……ええと、春川さんですね？　気持ちはわかりますが、現場への立ち入りは禁止されています。お引き取りください」

どうぞご自由に、と言うはずがないのはわかっていた。そんな警察官は日本のどこを捜してもいないだろう。

昨日はやじ馬がいたと聞きました、とわたしは左右に目をやった。

「ここは公道です。排除する権利は誰にもありません。納屋を見るぐらい、構わないと思いますが」

あなたね、と困ったように警察官が顎の先を掻いた。

「こっちの立場もわかってくださいよ。マスコミだ出版社だ、そんなこと言われてもねえ……遺体は病院に運びましたし、慰留品も回収済みです。自殺と見られますから、争った痕跡とか、そんなものもありません。現場を見たから、何になるって言うんです？」

自殺というのは首を吊ったんでしょうかと尋ねたわたしに、聞いてるんでしょう、と警察官が下唇を突き出した。

「自分は銀川署勤務なので、染田町のことは詳しくありません。ですが、応援で来た時、その辺のやじ馬たちが〝首吊りだってさ〟と話してました。そんな噂はあっと言う間に広まります。知らないふりをするなんて、人が悪いですよ」

詳しいことを奏人が話さなかったのは、和美を傷つけたくなかったからだろう。自殺はともかく、親友が首を吊ったとわかれば、気分が塞ぐだけだ。

「亡くなられたのは土曜なんですか？」

土曜の午後と鑑識の連中は言ってました、と警察官がうなずいた。

「正確な時間までは、まだわかってないんじゃないかな？　詳しいことは話せませんが、もっと早く見つかっていれば、と思いましたね」

「納屋で自殺したのに、どうしてご両親は気づかなかったんでしょう？」

三十メートル以上離れてます、と警察官が家の横にある細い道を指さした。

「畑は裏なんですよ。昔はキャベツを育てていたが、とっくに止めたと聞きました。納屋は使ってなかったそうです。吹きっさらしですから、臭いがしてもわからなかったでしょう。このところ寒い日が続いてましたから、遺体もそれほど傷んでなかったと思いますね」

「納屋を見るだけなら――」

駄目です、と警察官が首を振った。声に苛立《いらだ》ちが混じっていた。

「まだ現場検証が終わってません。奥の黄色いテープが見えるでしょう？　立入禁止ってことです。ご両親の気持ちも考えてくださいよ。どっちにしても、何にもないんです」

細い道の奥に、黄色いテープが翻っていた。畑は田渕家の私有地です、と警察官が渋面を作った。

「許可がなければ入れません。不法侵入になります……どうしても見たいなら、あそこを左に入って、裏へ回ってください」

警察官が二十メートルほど離れた角を指さした。

「太い道が畑に面してますから、納屋が見えます。近いところだと十メートルぐらいかな？　でも、畑に踏み込むのは止めてくださいよ」

根負けしたように、警察官が一歩下がった。教えられた角を左に曲がると、幅四メートルほどの砂利道に出た。

道の際に土の段があり、そこから下は畑だった。枯れ木やゴミが全体を覆っていたが、何年も手入れしていないようだ。そこにあるのは、荒れた畑の残骸だった。

砂利道を進むと、納屋が見えてきた。木で作った粗末なものだ。

振り向くと、警察官がついてきた。その辺にしておきなさい、と目が語っていた。

納屋の扉が開き、背広を着た男が出てきた。独特な目付きで、刑事だとわかった。

わたしに気づいて顔を向けたが、何も言わずに田渕家の方に歩いて行った。やじ馬の一人と思ったのだろう。

強い風が吹き、畑を覆っていた黄土色の土が舞い上がった。反射的に顔を伏せた時、目の前に小さな赤い影が差した。

二つ折りになった封筒だと気づいたのは、それが見えなくなってからだ。畑に捨てられたゴミだろうが、部屋にあった封筒とよく似ていた。

もういいでしょう、と警察官が言った。

「戻ってください」

細かい砂が目に入り、視界がぼやけた。右目を押さえて来た道を戻ると、何もなかったでしょう、と警察官が苦笑した。

「大丈夫ですか？」

砂が目に入って、とわたしは言った。何かわかりましたかという警察官の皮肉な物言いに、罰が当たったんですよ、という響きがあった。

赤い封筒を見ませんでしたかと尋ねたわたしに、目を洗った方がいいですよ、と警察官が顔を覗き込んだ。

そうします、とわたしは踵《きびす》を返した。七時になっていた。

五章　包帯

1

山科荘に戻ったのは八時過ぎだった。玄関の前に立っていた奏人が、お帰りなさいと微笑んだ。

「朝食の用意ができています。二階でいいですか?」

うなずいたわたしに、編集者も大変ですね、と奏人が言った。

「由香子ちゃんの家に行ったんでしょう? 何でも見ておこうってことですか?」

警察小説を書く作家が増えています、とわたしはパンプスを脱いで階段に足をかけた。

「ミステリー小説は人気がありますし、新人賞も半分以上はミステリーの賞です。作家は捜査の過程を描く必要がありますが、実際に見る機会はめったにありません。和美さんの友人ですから、わたしが行ったとわかれば、気を悪くするかもしれません。こっそりと言うとおかしいですけど、その方がいいかなって……」

春川さんは朝の散歩に行ったと話してあります、と奏人がわたしの肩を軽く叩いた。

「大丈夫です。妹は鈍いんで、気づきませんよ」

二階に上がると、和美と母親がお茶を飲んでいた。テーブルの上はきれいに片付いていた。

座ってください、と和美が椅子を指した。

「散歩に行ってたんですか？　どれだけ歩いても、この辺は景色が変わらないでしょう？」

笑みを浮かべた母親がバターと二種類のジャムをわたしの前に置き、トースターで食パンを焼き始めた。

「コーヒーと紅茶、どちらがお好きですか？」

コーヒーをお願いします、とわたしは言った。鼻歌を歌いながら、母親がコーヒーメーカーのスイッチを入れた。

「お父様は？」

尋ねたわたしに、眠っています、と和美が奥の間のドアを指さした。

「最近は赤ん坊みたいに眠り続けることが多くて……わたしと兄は施設に入れた方がいいんじゃないかって言ってるんですけど、母が反対してます。家で世話できると思っているんです。こういう話はどうしても母の意見が強くて……」

わたしに介護の経験はないが、他部署で編集長を務めていた四十代後半の女性が母親の介護のために退職した時、前から親しかったこともあって、詳しい話を聞いた。

彼女によると、母親はいわゆるまだらぼけで、一番厄介かもしれないと苦笑交じりに言った。

「中途半端に家事ができるの。朝、洗濯をして、ベランダに干す。でも、雨が降っても取り込もうとしない。干したのを忘れてるの。三年前から怪しいと思ってたんだけど、父が亡くなって一年ぐらい経った頃かな……母は八王子で一人暮らしをしていて、私は夫と息子と新大久保のマンションに住んでるでしょう？　それでも、月に二回は顔を見に行ってた。私が行くと、必ず食事を作ってくれるんだけど、全部すごくしょっぱいの。辛いよって言うと、そうかしらって、また塩を足すの。本当に駄目だってわかったのは、ちょうど一年前。いつ行っても同じ服を着てるのに気づいた。着替えることができなくなってたのよ。夫と相談したけど、会社を辞めて私が世話するしかないって……」

今でも彼女の悔しそうな顔をよく覚えている。頭が良く、人当たりのいい編集長で、麻視出版初の女性役員になると噂されるほど優秀な人だった。それまで築いてきたキャリアを捨てるのは、不本意だったはずだ。

ただ、他に選択肢はなかったのだろうし、尊敬している先輩でも、プライベートには口を出せない。今までありがとうございました、と頭を下げるしかなかった。

父親をどうするか、最終的に決めるのは妻である和美の母親だ。他人のわたしには何も言えない。

ちょっと薄いみたい、と母親がわたしのカップにコーヒーを注ぎ、皿に載せたトーストをテーブルに置いた。

「コーヒーメーカーの調子が悪くて……故障かしら？　七年使ってるから、もう寿命かも」

前から言ってるじゃないか、と奏人が自分のカップを指で押した。

「母さんは物持ちが良すぎるんだよ。何でもかんでも、まだ使える、もったいないって言うだろ？　ぼくや和美はいいけど、お客さんに悪いじゃないか」

春川さんはそんなこと言わないわよね、と笑顔を向けた母親に、薄い方が好きです、とわたしはうなずいた。

「会社の給湯室に自動のコーヒーマシンがあるんですけど、すごく苦くて、夜飲むと眠れなくなります」

気を遣わなくていいですよ、と奏人がカップに口を付けた。

「味は好き好きだろうけど、香りも何もしないし……後で銀川へ行って、新しいのを見てくるよ」

あたしが行く、と言いかけた和美がわたしに目をやり、口を閉じた。そんな暇があったら原稿を進めてください、と顔に書いてあるのがわかったようだ。

少しだけ沈黙があって、二人が淋しそうに笑った。

2

十一時、わたしは部屋を出た。朝食を終えた時、一緒に銀川へ行きませんかと奏人に誘われ、そうしますと答えた。

締め切りに間に合わない作家への最終手段は、いわゆる缶詰めだ。ホテルの一室に閉じ込め、原稿を書くしかない状況に追い込むのだが、ひとつ間違えれば拉致監禁に近い。

その際、編集者は会社にいて、定期的に連絡を入れるか、頃合いを見計らって様子を見に行くが、作家の背後に立って、さあ書け、それ書け、というわけではない。

同じ部屋にいても気が散るだけだし、そもそも小説は一人で書くものだ。構想の段階ならともかく、パソコンに向かっている時に編集者が入り込む余地はない。

和美の場合、缶詰めとは違うが、わたしが山科荘にいることが強制力になり、原稿を書く背中を押しているのは確かだった。

ただ、執筆時は一人にした方がいい。和美の部屋にわたしがいたら、お喋りが始まるだけだ。おかしな話だが、山科荘にいることがわたしの仕事だった。他の作家のゲラ読みなどは週明けまでに終わらせればいいので、時間の余裕はあった。

外に出ると、奏人がワゴン車の前で立ち、頭を掻いていた。どうしたんですかと声をかけると、参りました、と奏人が肩をすくめた。

「今、気づいたんですけど、免許の更新を忘れていて……半年前に切れていました。困ったな、この辺りなら大丈夫なんですが、銀川へ行くと何かあった時にまずくて……」

「それなら、わたしが運転します」

キーを受け取り、運転席に乗り込むと、すいません、と奏人が助手席に座った。

「銀川駅までは三十分ぐらいです。道は一本ですから、迷ったりはしません。田舎町ですけど、何でも一通り揃《そろ》ってますから、欲しいものがあれば言ってください。わたくしがご案内します」

おどけた口調に、思わずわたしは噴き出してしまった。笑った方がいいですよ、と奏人がミラーの位置を直した。

「こんなこと、言っていいのかな……時々、春川さんは寂しげな表情になりますよね？　仕事が大変なのはわかりますが、笑顔の方が似合います」

忙しいのは本当です、とわたしはキーを回し、エンジンをかけた。初めて会った時から、奏人には何でも話せる気がしていた。

頻繁に会うわけではない相手、ということもあるが、やはり人柄なのだろう。どんな話をしても、愚痴を言っても、黙ってうなずいてくれる人だ。

「不規則なのが悩みの種です。月刊誌にはサイクルがあって、うちの場合、毎月下旬に徹夜が何日か続きます。でも、それは〝不規則な規則〟で、そういうものだと思えば気になりません。ただ、そこに別の仕事が重なると、〝不規則な不規則〟になって、収拾がつかなくなるんです」

「なるほど」

編集者はストレスの溜まる職業だ。銀川駅に着くまで、社内の人間関係、上からのプレッシャー、男性社員による無意識な蔑視、車を走らせながら、そんなことを取り留めもなく話し続けた。

それは同じ業界にいる者にしか通じないことで、奏人には意味さえわからない話もあったはずだが、タイミングよく相槌を打ってくれた。

田舎町と奏人は言ったが、銀川市は染田町と比べると都会的だった。駅前にスーパーマーケットがあり、銀川商店街というアーケード街もあった。

行き交う人も多く、自家用車、タクシーやバス、トラックなど交通量も多い。駅前の大通りを車がひっきりなしに走っている。十数キロほど離れただけで、こんなに違うのかと思ったぐらいだ。

平日だが、ちょうどお昼時になっていたので、背広を着たサラリーマン、制服姿のＯＬ、そして学生たちがランチの店を探していた。

十年前に私立大学が誘致されたんです、と奏人がコインパーキングを指さした。

「あそこに停めましょう……他にも高校が二校、中学は三校だったかな？　二キロほど先に大きな工場があって、従業員も大勢います。隣町との間に高速道路のインターチェンジがあるんで、そこからトラックが出入りしたり……銀川がこの辺りの中心地になっているのは、そのためなんです」

「買い物は銀川でする、とお母様もおっしゃってましたね」

ざっくり言えば染田は林業の町です、と奏人がうなずいた。

「駅の周りに何もないのは見ましたよね？　肉、魚、野菜、生鮮食料品を売る店はほとんど潰れました。うちは温泉宿ですから、食事に力を入れていますが、米以外はどうにも……銀川まで来た方が早いですし、新鮮な食材が買えます。今夜、泊まるのは春川さんだけなので、家庭料理の延長になるかもしれませんが、構いませんか？」

はい、とわたしはうなずいた。

「お母様の料理はとても美味しいですし、何ていうか、実家にいるみたいで……」

ある意味、実家の料理ですからね、と笑った奏人が商店街を指さした。

「奥に電器屋があります。まず、コーヒーメーカーを見ましょう。その後、ランチでもしませんか？　それなりに洒落《しゃれ》た店もあるんですよ」

奏人の笑顔を見ていると、胸が温かくなった。通じ合う何かがわたしたちの間にある。

自分でも嫌な性格だと思うが、わたしには他人をガードする癖があった。誰であれ、容易に心を開かないし、受け入れることも信じることもない。

用心深いというより、臆病なのだろう。それが冷たい印象を他人に与えるのもわかっていたし、損をしていると思うこともあったが、性格は簡単に変わらない。

奏人に対して、ネガティブな感情はまったくなかった。自然な自分でいることができる。今まで味わったことのない感覚だった。

信号が青に変わった。わたしは奏人と並んで横断歩道を渡った。

3

食事や酒の席はともかく、男性と二人で買い物をするのは久しぶりだ。知らない町を当てもなく歩いているだけで楽しかった。

コーヒーメーカーを見ていた奏人が、しっくりこなかったのか、今日は止めましょうと言った。

店を出て、わたしたちは商店街の外れにあった古いカフェに入った。ノスタルジックな店内に入ると、パイプをくわえたマスターが、どこでもどうぞと言った。

他に客はいなかった。セルフサービスと書いてあったので、わたしは二つのグラスに水を注ぎ、テーブルに置いた。

わたしたちは窓際に席を取り、ランチメニューを見て、奏人はナポリタンとコーヒーを、わたしはミックスサンドと紅茶を頼んだ。

「すごく雰囲気がいいお店ですね」

そうなんですよ、と得意そうに奏人が言った。

「銀川にはしょっちゅう来てるんですけど、この店があるのは知らなくて、この前初めて入ったんです。落ち着くでしょう？」

本当に、とわたしはうなずいた。濃い茶の壁に、ミュージカル映画のポスターが二枚貼ってあった。

『バンド・ワゴン』、『イースター・パレード』どちらもフレッド・アステアの主演映画だ。

「そう言えば、マスターってアステアにそっくりですね」

痩身で手足が長く、きれいな銀髪がよく似合っていた。ワイシャツに蝶《ちょう》ネクタイをしたら、アステアそのものだ。

意識しているのかも、と奏人が小声で笑った。フレッド・アステアの全盛期は一九四〇年代で、わたしはその頃のミュージカル映画が好きだが、奏人も同じだった。

「嬉しいな、こういう話をする相手がいなくて困ってたんです」

「わたしも」

思いつく名シーンをわたしたちはそれぞれ挙げ、お互いの感想に耳を傾けた。心が落ち着く時間だった。

マスターが作ったナポリタンとミックスサンドは、どちらも美味しかった。サンドイッチをひと口ほお張ると、懐かしい味がした。この店だけ、昭和で時が止まっているようだった。

「メールですか?」

着信音に気づいた奏人がわたしのバッグを指さした。銀川では携帯電話が使えるようだ。

バッグから携帯を取り出すと、画面の左上に棒が三本立っていた。

「すいません、チェックだけしていいですか?」

どうぞ、と奏人が奥のトイレに入った。メール画面を開くと、二日近くで三十件ほどのメールが届いていた。

すべて仕事のメールで、作家やイラストレーター、デザイナーの名前が並んでいる。ほとんどが確認で、了解しましたと機械的に返事を打ち込むだけで済んだ。

画面を戻すと、留守番電話にメッセージが残っているのに気づいた。最近は電話よりメールでのやり取りの方が圧倒的に多い。メッセージを残すのは、母親か数少ない友人か、緊急事態のいずれかだ。

携帯を耳に当て、ボタンを操作すると、もしもし、という聞き覚えのない女の声が流れ出した。

「春川さんの携帯でよろしいでしょうか?」

くぐもった声に、苛立ちに似た何かが混ざっていた。しばらく無言が続き、いきなり切れた。

再び笛のような電子音が鳴り、もしもし、とまた同じ声がした。

「落合です。春川さん、出てください」

携帯を手に、わたしは首を傾げた。担当している作家や関係者ではない。大学の同期の落合未来《みく》かと思ったが、彼女とはもう何年も話していなかった。

そして、女の声は明らかにわたしより年上だ。十歳、それ以上離れているかもしれない。

でも、向こうはわたしのことを知っている。春川さんと呼んでいるから、それは間違いない。

『落合から電話があったとお伝えください』

落合、と副編の菰田が言っていたのを思い出した。この女性は会社にも電話をかけたようだ。

大学の友人と菰田に言ったが、実際は違う。卒業してから話していない未来は友人と言えない。

ただ、それを言うと、詮索好きな菰田がうるさいだろうと思い、とっさに大学の友人と答えただけだ。

三度目の電子音が鳴り、いいかげんにしてください、と女が早口で言った。

「怒ってるわけじゃありません。昔から変わりませんし、諦めています。ただ、困るんです。あなたがしてるのは、泥棒と同じですよ」

ほとんど息継ぎなしで言った女が、舌打ちをして電話を切った。

戻ってきた奏人が、どうした、とわたしの顔を覗き込んだ。

「何かあった？　トラブル？」

昔の映画の話をしているうちに、わたしたちは敬語を使わなくなっていた。

そうじゃないの、とわたしは首を振った。

「知らない女の人から留守電が入っていて……怒ってるみたいだけど、誰なのかわからない」

間違い電話だろうと奏人が笑ったが、わたしの名前を言ったと話すと、ちょっと怖いなと肩をすくめた。

「男ならまだわかるよ？　知らない男が君に好意を持ち、どこかで番号を調べて電話をかけてくる。サスペンス映画によくある話だ。でも、女性っていうのはね……誰かに恨まれる覚えは？」

わからない、と答えるしかなかった。悪気のないひと言で傷つく者もいる。他愛のない冗談が深刻なトラブルに繋がることもないとは言えない。

だが、それは知り合いだから起きるトラブルだ。女性の声にも聞き覚えはなかった。

彼女は何を怒っているのか。勘違いしていると考えた方が、理屈には合う。

誰だってつまらない冗談を言うさ、と奏人がコーヒーを啜った。

「根も葉もない噂話でも、悪口を言われたと思い込む人もいる。だけど、君はその落合って女の人を知らないんだろう？　誰かが彼女の悪口を言って、彼女は君が言ったと思い込んだ、そういうことじゃないか？　誤解なんだから、気にすることはないさ」

あなたはそう言うけど、気になるの、とわたしは言った。

「何ていうか、すごく嫌な感じのする声よ。本当に怒ってる時、人はそれを抑え込もうとするでしょう？　冷静さを装っているけど、心の底からわたしを憎んでいる……そんな声だった」

消去すればいい、と奏人がわたしの手から携帯を取り上げた。

「残ってると気分が悪いだろ？　あれ、でもぼくの携帯と機種が違うな……どうすれば消せるんだ？」

もう消した、とわたしは言った。三件のメッセージを聞き終えるのと同時に、指が勝手に動いていた。

気にしなくていい、と奏人がわたしの肩に手を置いた。ありがとう、とわたしは彼の手に自分の手を重ねた。

それからしばらく他愛のない話をしていると、気分が落ち着いた。どちらからともなく、帰ろうかと席を立ち、奏人がレジに向かったが、いいの、とわたしはバッグから財布を取り出した。

「和美さんと打ち合わせしたことにする。編集者の役得よ」

そういうものかと言った奏人に、そういうものですと答え、わたしは伝票をマスターに渡した。

不思議そうにわたしを見ていたマスターが、千八百円になりますと言った。領収書をお願いします、とわたしは麻視出版の社名を伝えた。

4

山科荘に戻ったのは、夕方四時だった。玄関の扉を開けると、床を雑巾で拭いていた母親が、お帰りなさいと微笑んだ。

「古田さんから電話があって、戻ったら編集部に連絡がほしいとおっしゃってましたよ」

何か言ってましたかと尋ねると、急いでいたみたいだったけど、と母親が首を捻った。

「特には何も……」

電話をお借りしますと断って、わたしは廊下の奥に向かった。トイレの脇の黒電話で編集部の番号をダイヤルすると、麻視出版でございます、と古田の声がした。

「春川です。すいません、ちょっと外出していて……」

「春ちゃんか。どうだ、うまくいってるか?」

急いでいるようだと母親は話していたが、のんびりした声だった。

何とかやっています、とわたしは答えた。

「和美さんはなるべく早くラストを決めると言ってますし、全体の構成は済んでますから、後は微調整で済むと思います」

「ハッピーエンドかバッドエンドか、彼女の意見は?」

迷っているのは確かです、とわたしは後ろに目を向けた。和美に聞かれたくないという思いがあった。

「わたしや編集長の意図は伝わっています。二人の別れで終わった方が、小説として読みごたえがあると、本人もわかってるでしょう」

「そうか」

彼女が迷っているのは『寂しい雪』と似てしまうからです、とわたしは言った。

「新人作家にありがちですけど、違うことをしたいのはわからなくもありません。小説は作家が産み出すもので、編集者はその助産師です。男の子を産んでほしい、女の子がいい、そう思っていても、その通りにはなりません」

「本人だって男か女かわかってないんだ。うまくやるのが助産師の仕事だろ?」

やるべきことはやっています、とわたしは受話器を持ち替えた。

「でも、最終的には和美さんの判断がすべてです。そこは強制できません。ただ、今は迷っていますけど、結局は別れを選ぶはずです」

「どうしてそう思うんだ?」

彼女は天才だと言ったのは編集長ですよ、とわたしは苦笑した。

「天才なら、正解を出します。心配しなくても大丈夫だと……会社はどうですか?」

大丈夫じゃない、と古田が呻いた。

「天中殺か大殺界か、それともノストラダムスの大予言が遅れてやってきたのか？　最悪だよ。とにかく書けない、と時山さんが言ってる。枕崎《まくらざき》氏に至っては、体調が悪いから一回休ませてくれだとさ。小学生じゃないんだから、お腹が痛いんで休みますじゃ困るんだよ。いい大人が何を言ってるんだ？」

「作家は子供だと思え、それは編集長の口癖でしょう？」

一枚でいいから書いてくださいって頼んだよ、と古田がため息をついた。

「時山さんはともかく、枕崎氏は前科持ちだ。去年も土壇場で逃げたことがあっただろ？　癖になるからまずいんだよ。俺が動けないから、菰田に張り付かせている。後でどんだけ嫌みを言われることやら……俺の周りには敵しかいない。信じられるのは春ちゃんだけだ」

おおげさなのは古田の癖で、真面目に取り合うつもりはなかった。深町さんも酷い、と古田がぼやいた。

「自宅にも千駄ヶ谷の事務所にもいない。携帯も電源をオフにしている。確信犯の逃亡犯だ」

「そういう冗談は止めた方がいいと思いますよ」

冗談じゃ済まない、と古田が机を叩く音がした。

「毎回逃げ回るのは、こっちも慣れっこだ。銀座のホテルか箱根の旅館で、女とよろしくやってると思っていたが、亀井女史に当たらせたら、どっちも違った」

編集長というより、捜査一課の刑事と話しているようだ。

「ということは、軽井沢の別荘だと睨んだが、あの人はわざと電話を引いていない。明日まで連絡がなかったら、亀井女史に行ってもらうしかないが、PR誌の締め切りが迫ってる。なあ、春ちゃん。明日とは言わないが、明後日の金曜に戻れないか？」

「和美さん次第です。決着がつくまで残れと言ったのは、編集長じゃないですか」

冷たいこと言うなよ、と古田がまた机を叩いた。

「確かに言ったよ。言いました、間違いございません。でもさ、朝令暮改ってあるだろ？　非常事態なんだよ。世の中どうなってる？　作家全員がストライキを始めたのか？　塚本は沢里先生の取材で京都に行っちまった。行けば書けると言ったんだとさ。本当かね？　二人で舞子さんと遊んでるんじゃないか？　とにかく、編集部に残ってるのは俺だけだ。春ちゃん、頼む、カムバックプリーズ」

まだ余裕はある、とわたしは思った。本当に切羽詰まった時の古田は一切喋らなくなる。

ただ、副編集長の菰田を含め、他の編集者が逃げた作家を探し、あるいは張り付いているのは本当だろう。

第三編集部の編集者は五人しかいない。一人欠けただけでも、さまざまな滞りが起きる。

古田しか編集部にいないのでは、PR誌の校了も何もない。作家の側もデッドラインは把握しているから、結局は何とかなるのが常だが、非常事態というのもあながち冗談ではないようだった。

「今は動けません。明日の朝、また連絡します」

無理しなくていい、と古田が拗ねた声で言った。

「結局、俺に編集長としての器量がないってことなんだろう。部員をコントロールできなかった俺が悪いんだ。春ちゃん、山科和美を離すなよ。彼女はこの先大化けする。俺の遺言だと思ってくれ」

じゃあな、と古田が電話を切った。愚痴を言いたかっただけだ、と笑うしかなかった。

5

部屋に戻り、夕食前に露天風呂に入っておこうと考えていると、ノックの音がした。

はい、と返事をすると、和美が入ってきた。

「申し訳ないんですけど、夕食の準備を手伝っていただけませんか？」

「構いませんが……何かあったんですか？」

父がトイレで倒れて、と和美が早口になった。

「額の辺りを切ったんです。今は兄が見ていますから大丈夫ですけど、目が離せません。わたし一人だと時間がかかりますし……」

お手伝いします、とわたしはそのまま部屋を出た。

「でも、料理は得意じゃありません。正直に言うと、苦手な方です。お役に立てるかどうか……」

大丈夫です、と笑みを浮かべた和美が廊下を進み、階段を上がった。二階のリビングで、母親がコードレス電話の子機を手に話していた。

一階の黒電話と違い、プッシュホン式だ。黒電話は宿泊者用、プッシュホンは家庭用、と使い分けているのだろう。

「さっきも言いましたよね？　和美と由香子ちゃんが同級生で、仲が良かったのはその通りです。刑事さんにはわからないでしょうけど、染田は狭い町です。どうしたって、親しくなりますよ」

わたしの二の腕に触れた和美が、いいんです、と囁いた。

「あの……警察からですか？」

子機を耳に当てたまま、母親が階段を下りていった。聞かれたくないのだろう。

よくわからないんですけど、と和美がため息をついた。

「自殺ではなく、ユカは殺されたのかもしれないって、岩手県警の警部補から電話があったんです。怖くて母に代わってもらいましたけど、春川さんには関係ないので、気にしないでください」

「どうして警察は殺人だと言ってるんですか？」

詳しく聞いたわけじゃないので、と和美が床の袋からジャガイモを二つ取った。

「皮を剝いてもらえますか？　豚肉のミンチと炒めるので、薄くスライスしてください」

自慢にならないが、わたしはほとんど自炊をしない。編集者は一般のサラリーマンには想像もできないほど異常な時間帯で生活している。徹夜明けで帰宅し、夕方に出社するのも珍しくない。

帰宅するのは早くても夜八時、遅ければ終電ぎりぎりということもある。古田の言葉を借りれば、〝カタギじゃない〟からで、夜中に帰って食事を作っていたら、何時にベッドに入れるかわからない。

それでも、ジャガイモの皮剝きぐらいはできた。高校生の頃は母を手伝っていたから、要領は体が覚えていた。

「春川さんが編集長と話していた時、警察から電話があったんです」

豚肉を中華包丁で細かくミンチにしながら、和美が話し始めた。

「お父さんがトイレで倒れてすぐだったから、それどころじゃないって言ったんですけど、どうしても話を聞きたいって……ユカが解剖されたと話してました」

和美が小声になった。そうですか、とわたしはうなずいた。

自殺は変死扱いになるから、原則として解剖される。編集者の多くがそれを知っている。

夕食の支度をしながらする話じゃないってわかってますけど、と和美が顔をしかめた。

「何だっけ……ユカの首に傷が残っていたそうです。それはユカが自分でつけた傷で、ええと……」

抵抗痕ですかとわたしが言うと、そうだったかもしれません、と和美がうなずいた。

絞殺の際、被害者が紐やロープを外そうとして、首に引っ掻き傷が残ることがある。警察では吉川線《よしかわせん》と呼ぶが、ミステリー小説によく出てくる用語なので、わたしも覚えていた。

外部の人間には抵抗痕と説明するようだが、文字通り被害者が抵抗した時に生じる傷を指す。自殺であれば、多くの場合、傷は残らない。

「それが本当なら、自殺ではないかもしれませんね」

染田町で人殺しなんて、と和美が表情を暗くした。

「もう何十年も起きてません。昭和の頃にはあったかもしれないけど……自殺だって怖いのに、殺人って言われたら、どうしていいのかわからなくて……」

手当たり次第聞き込みをするのは、警察の常套《じょうとう》手段だが、担当の刑事も焦っているようだ。

ジャガイモが終わったら、タマネギもお願いします、と和美が言った。

「ざく切りでいいです」

何を作るんですかと尋ねると、手抜き料理、と和美が片目をつぶった。

「今日みたいにいろいろ重なると、まあいいかって……宿のお客様にはきちんとしたお食事をお出しするけど、身内ならちょっとぐらいいいでしょ？　母と兄には言わないでくださいね」

わたしも家族の一員、ということらしい。その方がわたしも楽だった。

手抜き料理と言ったが、和美の手際はプロの料理人のようだった。ジャガイモのスライス、ざく切りにしたタマネギと豚肉のミンチを強火で炒め、火が通るとフライパンをガス台から外した。

「余熱で十分なんです」火を通し過ぎるとぱさつくから、と家庭科の先生のように和美が言った。「味付けは最後。卵焼きは作れますか？」

自己流ですけどと答えたわたしに、中の卵を使ってください、と和美が冷蔵庫を指さした。

「そうだ、アボカドがあるから、サラダにしましょう。母も兄も好きだし……」

和美に手順を教わり、わたしはアボカドのサラダを作った。難しいわけではない。家庭科の先生というより、実の母に教わっているようだった。

最後にコンソメスープを作った和美が、兄さん、と呼んだ。唇に手を当てたまま、奏人が奥の部屋から出てきた。

「お父さんは？」

心配そうに尋ねた和美に、眠ってる、と奏人が小声で言った。

「顔色は悪いけど、出血は止まったし、話もできる。大丈夫だと思う」

不安気な表情を浮かべた和美に、父さんは芯の強い人だから、と奏人がうなずいた。

「もう少し様子を見よう。何かあったら、病院へ連れていけばいい……晩ごはんはできたんだね？　まずは食べよう。腹が減っては戦ができないからね」

大皿に豚肉のミンチ、ジャガイモとタマネギの炒め物を和美が載せ、リビングのテーブルにあった小さな瓶の茶色の粉をふりかけた。スパイシーな香りが広がっていった。

マキシムって言うんです、と和美が瓶のラベルを見せた。

「宮崎県産の胡椒で、少し辛いんですけど、何でも美味しくなります」

ラベルには〝マジックスパイス〟と記されていた。東京では見たことがない。

「五、六年前に家族旅行で九州に行った時、宮崎の空港で見つけて――」

空港じゃないだろう、と首を傾げながらガラスの器にサラダを盛った奏人に、空港の土産売り場、と和美が言った。

「お兄ちゃん、覚えてないの？　ほら、白石《しらいし》くんのお母さんが宮崎から送ってきてくれたじゃない。九州へ行こうって話になったのは、マキシムを買うためもあったでしょ？」

覚えてるよ、と奏人が言った。

「どこで買ったか忘れただけだ。ぼくだって、物忘れぐらいするさ。春川さん、これがあると便利なんだ。塩、胡椒、カレーパウダー、とにかくいろいろ入ってるから、和食、洋食、中華、何にでも合うし……そうだ、買い置きがあったはずだ」

屈み込んだ奏人がシンクの下の棚を探り始めた。好意が嬉しくて、ありがとうございますという言葉がわたしの唇から自然と漏れた。

何してるの、と子機を手に上がってきた母親が言った。どこだったかな、と目をきょろきょろさせていた奏人が顔を上げ、刑事は何か言ってたかい、と尋ねた。

母親が子機を親機のそばに置き、椅子に腰を下ろした。小さなため息が漏れた。

ああ、疲れた、と母親が首の後ろを自分で叩いた。

「お父さんが倒れたって和美は大騒ぎだし、県警の警部補から電話はあるし……何でもお母さんに押し付けないでよ」

「ケンケイ？　岩手県警ってこと？」

和美の問いに、そうよ、と母親が答えた。他に何があるんだ、と奏人が言った。

「和美だって、いつかはミステリーを書くかもしれない。ぼくだって本屋ぐらい行く。平台っていうのか？　あそこに置かれてるのはミステリー小説ばっかりだ。お前も作家なんだから、トレンドには乗った方がいい。恋愛だけじゃ、読者に飽きられるぞ」

いいから食べましょう、と母親が軽く手を合わせた。それは冗談だけど、と奏人が微笑んだ。

「何でも知っておいて損はないってことだよ」

味はどうですか、と和美がわたしに目をやった。手抜き料理と言っていたが、炒め物もサラダも美味しかった。

「何で県警の刑事がうちに電話を？」

和美が尋ねると、食事しながら話すことじゃないけど、と母親がコンソメスープをスプーンでひと口飲んだ。

「由香子ちゃんは自殺じゃなくて、他殺の可能性があるそうなの。理由も説明してくれたけど、抵抗痕とか専門用語が多くて、お母さんにはよくわからなかった。単純に言えば、死体を動かした跡が見つかったってこと。自殺した人間が動くはずないでしょ？　誰かが殺したって考えた方が筋は通るって話してた」

そんなわけないだろ、と奏人が首を振った。

「由香子ちゃんはおとなしくて、すごく性格のいい子だった。彼女の悪口は聞いたことがない。殺されたなんて考えられない」

「何を聞かれたの？」

交友関係ってことになるのかしら、と母親が言った。

「でも、母さんより警察の方がよく知ってた。由香子ちゃんは銀川市の郵便局に勤めてたでしょ？　恋人がいたって話してたけど、そんなこと知りませんって答えるしかなかった。殺人だとすれば、犯人は男だと警察は考えているみたいだけど、郵便局の恋人が初めて付き合った相手みたい。動機のある男性に心当たりはないかって聞かれたけど、知ってるわけないじゃないの」

首吊りを偽装したのは、絞め殺した痕跡を隠すためだ。犯人はロープを由香子の首に巻き、納屋の屋根か梁《はり》に引きずり上げたと考えていいが、女性の力では難しい。男性が殺したと警察が考える理由はそれだろう。

こっちの質問には答えないのよ、と母親がしかめ面になった。

「とにかく、警察は由香子ちゃんの過去の男性関係を調べてるそうよ」

長い息を吐いた母親が、明日はあなたの話を聞きに来るって、と和美に言った。

「警察も他殺と断定してるわけじゃないの。自殺の際、苦しくなって自分で紐とかロープを外そうとする者もいるみたい。その時、傷がつくことも……大丈夫？」

母親がわたしの顔を覗き込んだ。気にしないでください、とわたしは口に手の甲を当てた。

「生々しい話だから、ちょっと驚いただけです……警察は和美さんに何を聞くつもりなんですか？」

家族が知らないことでも、友達には話している可能性があるそうよ、と母親が座り直した。

「彼氏や恋人のことを親に話す女の子もいるだろうけど、黙ってる子の方が多いでしょ？　相談にしても自慢にしても、友達の方が話しやすいって……。和美や秋穂ちゃん、紀子ちゃんが何か知っていてもおかしくない、そんなことを言ってた」

でも、とわたしは言った。

「疑っているなら、何か根拠があるはずで。それは言ってませんでしたか？」

由香子ちゃんが死んだのは土曜日、と母親が壁のカレンダーに目をやった。

「でも、死体が見つかったのは火曜だった。その間、由香子ちゃんの死体は自宅の納屋にあった、臭いとかで、気づかなかったはずがない……そんなことを言ってたけど」

親を疑ってるってことか、と奏人が笑った。

「田渕さんが娘に手をかけるなんて、あり得ない。警察ってつまらないことを考えるんだな」

自分でもそう言ってた、と母親が苦笑を浮かべた。

「念のために調べろと上に命じられましてとか、そんな言い訳をしてた。母さんだって、田渕さんたちが人殺しなんかするはずないって思うけど、家の中のことは他人にわからないから

……和美、あなたはミステリー小説を書かない方がいい。向いてないもの」

そう言われると逆に書きたくなってきた、と和美がわたしに顔を向けた。

「書けると思いますか？」

その前に『オージナリー・ピーポー』をお願いしますと言うと、和美がばつの悪い顔になった。

呻き声が聞こえた。母親が席を立つのと同時に、奥の間の扉がゆっくりと開いた。

6

頭に包帯を巻いた父親が立っていた。着古した浴衣から、細い腕と足が突き出している。そ

の姿はカカシに似ていた。

「お父さん、大丈夫?」

噎せたのか、咳き込んだ父親の後ろに回った和美が背中をさすり始めた。わたしは二人を見ているしかなかった。

頭が痛むのか、額を押さえた父親の膝が落ちた。支えきれずに、和美が尻餅をついた。

奏人が父親の両脇に手を差し入れ、抱えるようにして椅子に座らせた。それだけの動きで、父親の呼吸が荒くなっていた。

「父さん、病院へ行こう」

奏人の手を払った父親が、駄目だ、とはっきりした口調で言った。

「あれほど……言っただろう。それは駄目だと……」

今までと違い、何を言ってるのかはっきりわかった。駄目だ、と繰り返している。

「父さんは怪我をしてるんだ。わかるかい? 病院で診てもらった方がいい」

もう止めてくれ、と父親がまばたきを繰り返した。頰の辺りが何かに引っ張られるように歪んでいた。

あなたが病院嫌いなのはわかってます、と母親が二人の間に入った。

「でもね、これはいつもと違うの。わかるでしょう? トイレで転んで、頭を打ったのよ? 打ち所が悪かったら、大変なことになる。だから病院で検査を――」

こんなもの、と父親が包帯をむしり取った。五センチほどの額の切り傷から、血が滲んでいた。

「和美、救急箱」

奏人の声にうなずいた和美が奥の間に入っていった。仕方ないでしょう、と母親が床に落ちた包帯を拾い上げた。

「他にどうしろと？　あなただってわかってるでしょ？」

包帯を巻き直そうとした母親を突き飛ばし、父親が椅子から立ち上がった。体全体が激しく痙攣している。

「もう止めてくれ、頼む、止めろ！」

父さん、と奏人が体を押さえた。立ったまま、父親が両手、両足を振り回している。

奏人は背も高いし、体格もいい。それでも、暴れる父親を押さえ切れずにいた。

なぜ父親が突然暴れ出したのか、わたしにはわからなかった。怒りのためではないし、興奮しているのでもない。

目に涙が浮かんでいたが、感情を制御できなくなっているのだろうか。

しばらくすると、電池が切れたように父親が椅子に座った。胸だけが激しく上下している。

和美が額にガーゼを貼り、その上から包帯を巻いた。

父親を背負った奏人が奥の部屋に入った。父親の目から、大粒の涙が溢れていた。

ごめんなさいね、と後ろで声がした。振り向くと、母親が頭を下げていた。

「本当にごめんなさい。お父さんは、あんな……乱暴な人じゃないの。体が思うように動かなくて、苛立っているだけだから、許してあげてね」

お体は大丈夫なんでしょうか、とわたしは小声で言った。

「心臓に持病があるとおっしゃってましたよね？　心配です」

たまにあるんです、と和美がわたしの隣に立った。

「悔しいんだと思います。病気で倒れるまで、父は何でも一人でできたんです。でも、今は……だから、暴れるしかなくて……」

何か言おうとしていました、とわたしは奥の部屋に目を向けた。

「わたしに何か……目で訴えていたんです」

考え過ぎよ、と母親がわたしの肩に手を置いた。

「あなたに挨拶したかっただけなの。あの人が何を考えてるか、わたしにはわかります」

和美がわたしの手を握った。わたしは小さくうなずき、椅子に腰を下ろした。

六章　墨跡寺

1

八時半、わたしは露天風呂にゆっくり浸かり、疲れを癒してから部屋に戻った。何をしたわけでもないのに疲労感があるのは、和美の父親への怯えのためだった。

あれは何だったのだろう、とわたしは父親の顔を思い浮かべた。

顔色が悪いのは病気のためだし、怪我のせいもあったかもしれない。それより、思い詰めた形相が恐ろしかった。

何と言えばいいのかわからないが、恐れ、焦り、疑念、警告、そんな感情が凝縮され、顔自体を歪めていた。人間ではなく、異形の何かだった。

正常な心理状態にあったとは思えないが、異常というのも違う。八割ほどは正気だった、と言うべきだろうか。

父親はわたしに何かを伝えようとしていた。それは間違いない。彼の視線が捉えていたのは、明らかにわたしだった。

病気のために言語障害の症状が出て、何か言おうとしても、うまく舌が回らなかったのかもしれない。

心が疲れている時に頭をフル回転させていたわたしを金縛りが襲ったのは、布団に入って三十分ほど経った時だった。

突然、蜂の群れの羽音が耳元で鳴り出し、どんどん近づいてくる。本能的な恐怖に体をすくませた瞬間、全身が固まった。

指一本動かせない。体が一本の針金になっていた。

編集者は社会的にほとんど意味のないことに詳しい。金縛りのメカニズムについて、わたしもある程度の知識があった。

睡眠不足やストレスがその原因とされているが、わたしが読んだ文献で腑《ふ》に落ちたのは、睡眠分断によって起こるという説だ。

簡単に言えば、脳が目覚めていても、体が眠っていると、脳が指示を出しても体は動かない。それを金縛りにあったと錯覚し、混乱、あるいはパニックを起こす。

体質的なものもあり、一度も経験がない者もいれば、十回、二十回以上という者もいる。わたしは明らかに後者で、子供の頃から数えれば数十回は金縛りにあっていた。

霊現象ではないかと怖かったが、中学生の時に心理学者のエッセイを読んで、眠っている体と目覚めている脳の乖離《かいり》現象だとわかった。

それでも怖いし、何とも言えない不快感がある。体を拘束されているのと同じだから、早く解きたいのは誰でも同じだろう。わたしの対処法はまばたきを繰り返すことだった。

金縛りにあった者の体験談では、目だけは動き、周囲も見えるというケースが多い。

わたしの場合、まばたきを繰り返していると、耳元の蜂の羽音がだんだん遠ざかっていき、しばらくすると、手の小指が動くようになる。

次第に他の指も動き出し、腕や足が自由になる。最後に頭が上がり、金縛りが終わるのがパターンだ。

だから、今ではそれほど金縛りを恐れていなかった。全身が硬直しても、心臓や肺は動いている。金縛りのために死んだという話は聞いたことがない。

どちらかと言えば、女性の方が金縛り経験は多いようだ。中学や高校では週に一度か二度、誰かが金縛りにあい、その体験談を話すのがちょっとした楽しみでもあった。

中には親指サイズのおじいさんが何十人も現れたとか、落ち武者が枕元に立っていたとか、誰かの手が体をまさぐったとか、そんな話をする者もいた。

錯覚だ、と言ってしまうのは大人気ない。中学生や高校生が心霊現象や占いに興味を持つのは、よくあることだ。

盛り上がっているところに水を差すような真似はしたくないから、一緒になって悲鳴を上げていたが、はっきりと嘘だと思っていた。嘘では表現がきつ過ぎるとすれば、夢を見ていただけ、と言い換えてもいい。

金縛りの際、わたしは何かを見たことがなかった。ただ、声を聞いた経験は二度ある。

一度目は小学校五年生の時で、賛美歌が耳に流れ込んできたのをはっきり覚えている。

そして、先週の日曜、やはり声が聞こえた。ほとんど聞き取れなかったが、痛い、苦しい、そんなことを言っていた気がする。だが、金縛りが解けると、何も聞こえなくなった。

ある種の空耳なのだろう。落ち着いて、まばたきを繰り返し、目を動かして周りを見る。そうすれば、すぐに体が自由になる。

そのはずだったが、信じられないことが起きた。誰かの指が、わたしのまぶたを押さえつけていた。

太いとも細いとも言えないが、明らかに男性の指だ。強く押さえるというより、軽く指を当てているだけだが、わたしは体を動かせずにいた。

そして、目を閉じているにもかかわらず、周囲がはっきりと見えた。

暗い緑の光が、部屋を満たしている。布団、枕、枕元の水差し、コップ、カーテン、窓、壁、フィルターをかけているように、すべてが緑色に染まっていた。

不意に、視点がおかしいと気づいた。仰向けに寝ているわたしに見えるのは、天井や壁の一部だけのはずだ。

だが、自分自身の顔が見えた。わたしの目が宙に浮き、自由に動き回っている。そうでなければ、頭の後ろまで見えるのはおかしい。

(夢だ)

二本の指がまぶたを押さえているのも、部屋が緑色なのも、何もかもが見えるのも、夢だと思えば説明がつく。

落ち着け、と自分に言い聞かせていると、どこからか腐った牡蠣《かき》の臭いが漂ってきた。耐えられないほどの悪臭だ。

夢だとわかっていても、恐怖と焦りが胸の中で広がっていくのを止められなかった。何もかもが厭《いや》で、不快で、気分が悪く、吐き気を催すほどだ。

「……ナサイ」

耳元で声がした。その瞬間、腐敗臭がわたしの顔を覆った。

逃れようとしたが、漂っている臭いがわたしの顔を包み込み、そこから抜け出せなかった。

その時、指がまぶたから離れた。目を開けると、一センチも離れていないところに、男の顔があった。

そこだけ暗くなっているので、表情は見えないが、確かに男の顔だ。

痩身、老人、浴衣。そこにいたのは和美の父親だった。わたしを見つめる視線に、さまざまな感情が交錯していた。

憐れみ、嘆き、怒り、悲しみ。

どれぐらいそうしていたかわからないが、突然、蜂の羽音が止まった。同時に金縛りが解け、わたしは上半身を起こした。

呼吸を止めていたことに気づき、大きく息を吸い、吐いてはまた吸った。今のは何だったのか。

立ち上がり、部屋の隅々を見たが、何もなかった。誰もいないし、悪臭もしない。

(でも、あれは確かにいた)

ナサイ、という声が今も耳に残っている。顔、そして体のシルエットも覚えていた。

布団の上に座り、枕元の腕時計で時間を確かめた。夜十一時七分。

父親がこの部屋に入ってきたのか。あり得ない。

部屋の内鍵はかけてあるし、窓も閉まっている。誰であれ、入ることはできない。

だが、あれは絶対に和美の父親だった。ナサイという声に聞き覚えがあったし、あの腐敗臭は高齢者特有の口臭だ。

何が起きているのかわからないまま、わたしは深呼吸を繰り返した。すべてに怯えている自分がそこにいた。

2

木曜、目が覚めたのは午前十時だった。出張中とはいえ、完全な寝坊だ。

何時に寝たのか、覚えていなかった。いつの間にか眠っていた、ということだろうか。体を伸ばすと、あちこちで関節が悲鳴を上げた。

顔を洗ってからトイレに行くために廊下に出ると、よく寝てたわね、と床の拭き掃除をしていた母親が顔だけを向けた。

「あなたの朝ごはんは二階にあるから、適当に食べてね」

すいませんと頭を下げ、トイレに入った。わたしの寝坊を和美が知っているのはまずい、とため息が漏れた。

わがままという以上に、性格の悪い作家がいる。真夜中の三時に原稿を送ってきて、感想をすぐ送れ、と強要するような作家だ。

『こっちは徹夜で原稿を書いてる。その間、君は寝ていたのか？　骨身を削って書いてるのに、そんな態度じゃ話にならんね』

難癖というしかないし、フリーランスの作家とサラリーマンの編集者では、生活の時間帯が違う。

いつ届くかわからない原稿をただ待てというのは、何かを履き違えているとしか言いようがない。

女性編集者の場合、これに性的な厭がらせが加わる。酒の席での下品な話を作り笑いで受け流せればいい方で、原稿を取りに来いと言われて夜中に作家の自宅を訪れると、レイプされかけた話もあるぐらいだ。

和美は素直な性格で、底意地の悪い人間ではない。ただ、今は『オージナリー・ピーポー』の最終段階に入っている。

ここまで来ると、多くの作家はストレスを溜め込み、容易に寝つけなくなる。アルコールと睡眠薬を併用する者もいるほどだ。

眠っていても、脳のどこかが目覚めている。本のページをめくるようなかすかな音にも敏感に反応し、起きてしまう。

没入型とわたしは呼んでいるが、小説の世界に入り込むタイプの作家の中には、現実と想像の境がつかなくなり、パジャマ姿で外に出ていた、というエピソードを聞いたこともあった。

作家の辛さを、本当の意味で編集者はわかっていない。一を十にするのではなく、ゼロから一を作るのがどんなに大変か、想像はできても、結局は理解できない。

だからこそ、編集者は作家に寄り添い、伴走者としての役割を果たすべく努力する。わたしと和美はお互いをパートナーとして認め合っているし、いい関係を築いていると言っていい。

それなのに、大事な時に寝過ごしてしまった自分が情けなかった。和美が気を悪くしないのはわかっていたが、信頼を裏切ったという思いがあった。

部屋に戻り、着替えてから二階へ上がった。奏人と小声で話していた和美がわたしに目をやり、おはようございますと笑みを浮かべた。

「母と起こしに行ったんです。でも、声をかけても返事がないから、そっとしておきましょうって……」

すみません、とわたしは頭を下げた。金縛りにあったこと、何かが部屋に入ってきたことは言えなかった。

何か食べますかと腰を浮かせた和美に、大丈夫です、とわたしは言った。

「朝はあまり食べないので……それより『オージナリー・ピーポー』について、話したいことがあるんです。もちろん、後でも構いません」

二人が父親のことを話していたのは、表情でわかった。小説も大事だが、病気の父親の方が優先されるのは当然だろう。

父は眠っています、と和美が奥の部屋に目をやった。

「半月ほど前に精密検査をしていたんですけど……」

「精密検査?」

春川さんには話してもいいよねと言った和美に、うなずいた奏人が口を開いた。

「父の病気は大動脈弁閉鎖不全症で、大動脈の弁が完全に閉じないんだ。それで心臓に負担がかかっている。それだけなら何とかなったかもしれないが、しばらく前に腎臓ガンを宣告された。しばらく前に精密検査をしたんだ」

「良くないんですか?」

かなり、と奏人がため息をついた。お医者さんは入院を勧めたそうです、と和美が言った。

「父は嫌がってます。でも、これ以上家族で面倒を見るのは厳しいかもしれません。春川さんも気づいてると思いますけど、父には認知症の症状が出ています。何を言ってるのか、ほとんどわからないでしょう?」

答えにくい問いだが、うなずくしかなかった。今は、まだらなんです、と和美が言った。

「あたしや母、兄の言ってることがわかる日もありますし、そういう時は普通に会話ができます。でも、最近はそれも……父を施設に入れた方がいいとわたしと兄は思ってますが、母が反対していて……」

通院や治療には母も積極的なんです、と和美が階段に目を向けた。

「だけど、お父さんは芯の強い人だから必ず治る、施設には入れない、その一点張りで……どうしたらいいのか、兄と話してたんですけど、春川さんはどう思いますか?」

何とも言えません、とわたしは首を振った。

「家族でなければわからないこともあるでしょう。お母さんと三人で話し合って決めるべきでは？」

うちは旅館です、と和美が言った。

「曾祖父の代からの家業で、父が三代目になります。高校を出て、家事手伝いをしていた母と結婚したのは三十五年前で、二人とも会社勤めの経験がありません。兄はアパレル会社で働いてましたけど、メインの仕事は接客でした。わたしは大学を卒業して実家に戻り、家の手伝いと作家の兼業です。はっきり言えば、世間知らずの家なんです」

春川さんは出版社勤務だから、と奏人が肩をすくめた。

「うちみたいなケースを聞いたこともあるんじゃないかって……」

会社の先輩社員の多くが、親の介護という問題を抱えているのをわたしは知っている。参考にしたいと二人が考えているのはわかった。

ただ、東京と岩手では事情が違うだろう。わたしは染田町のことも、そこにある老人ホームのことも、何も知らない。おざなりな意見しか言えないなら、黙っていた方がいい。

説得するしかないよ、と奏人が床を指さした。母親を、という意味だ。

あたしは自信ないな、と和美がこめかみに指を押し当てた。

「お母さんは頑固だし……それに、お父さんの余命は一年って竹中先生に言われたんでしょ？それなら家で看取りたいって、お母さんは絶対に言うよ」

今日明日で決める話じゃない、と奏人が和美の肩を軽く叩いた。

「お前はお前で大変だろ？『オージナリー・ピーポー』のラストをどうするか、考えなきゃならないって言ってたじゃないか。春川さんだって、東京に帰る都合がある。リミットは明日の金曜だと——」

何で今それを言うのよ、と和美が両手を頭に載せた。

「作家ぶるつもりなんてないけど、ずっと悩んでるんだよ？　今だって、頭の隅っこではラストシーンを考えてる。いい作品になるのか、全然駄目なのか、その瀬戸際にいるのに、お兄ちゃんって無神経だよね」

春川さん、と奏人がわたしに目を向けた。

「ドライブでもしませんか？　このままだと、和美はいつまでもぼくたちを離しませんよ。問題が起きると、先延ばしにする悪い癖があるんです」

言葉遣いがどこかよそよそしいのは、和美の前だからだ。

「こうして話していれば、とりあえず『オージナリー・ピーポー』のことを考えなくて済むと思ってるんですよ。和美、気持ちはわかるけど、結局はお前が決めることだろう？」

そうだけど、と和美が頬を膨らませた。童顔なので、そんな表情がよく似合った。

墨跡寺にでも行きましょう、と奏人が立ち上がった。

「染田町の名所旧跡といえば墨跡寺です。案内しますよ。昼に戻って、和美の結論を聞いてから、東京に戻るか、ここに残るのか、決めればいいでしょう」

あたしも行く、と和美がごねたが、駄目だと奏人が言うと、はあ、とため息をついた。仲のいい兄妹の様子に、思わずわたしも笑顔になっていた。

3

ドライブと言っても、免許の更新を忘れた奏人に運転はできない。ただ、わたしが運転すればいいので、困ることはなかった。

墨跡寺は山寺だ。山科荘から五キロほど走ると、真海山の麓に着く。高さは三百メートルほどというから、山というより丘に近い。

ただ、勾配が急なので、車が走る道は途中まで螺旋《らせん》状になっていた。ガードレールこそあるが、狭い山道だし、降りてくる車もいる。

そのため、道に慣れていないわたしはスピードを出せなかった。麓から山頂の五十メートルほど下にある駐車場まで三十分ほどかかったが、その間に奏人が墨跡寺の由来を話してくれた。

鎌倉時代に染田出身の僧侶、天外が建立した寺だが、天外について詳しい記録はほとんどないという。

わかっているのは、平安時代に中国から日本に渡ってきた僧の子孫で、天外宗を開いたのが天外の祖父ということぐらいだった。

天外は今の岩手県を振り出しに、東北一帯を回って天外宗を広めようと試みたが、うまくいかなかったようだ。やむを得ず染田に戻り、墨跡寺を建立した。

編集者は浅くていいから広い知識を持つべきだというのが古田のモットーで、常々わたしたちにもそう言っている。その古田が知らないぐらいだから、天外宗は染田町を中心に、岩手県のごく一部でだけ伝わる宗派なのだろう。

最後の坂道を上がると、山の一部が切り崩され、広い駐車場とそば屋や饅頭《まんじゅう》屋、お菓子屋や土産物店がいくつか並んでいた。車から降りた奏人が大きく伸びをした。

「ぼくも詳しいわけじゃないけど、たぶん天外って坊主に人望がなかったんだと思うよ。だから信者が増えなかったんだ。現世利益とか、念仏を唱えていれば極楽浄土に行けるとか、そういうわかりやすさが欠けていたのかもしれない。教義は独特で、浄土宗とか他の仏教とは違うそうだけど、うちは信心深い家じゃないし、ぼくも興味がないから、それ以上は何とも言えないな」

「でも、有名なお寺なんでしょう？」

重要文化財に指定されている、と奏人がうなずいた。

「木造薬師如来像だったかな？　それを拝みに来る人は多いよ。だけど、参拝客は銀川とか他の大きな町に泊まる。うちみたいな小さな旅館は素通りだよ……ここからは歩きだ。五十メートルぐらい石段が続くけど、たいしたことはない」

奏人の後をついていくと、幅の広い石段に出た。他に人はいない。

午前中はいつもこんな感じだ、と奏人が言った。

「参拝客が来るのは昼過ぎだよ。でも、その分静かだし、落ち着く。ぼくはよく一人で来るんだ」

石段を上がると、目の前に大きな寺が現れた。柱も板も黒く塗られ、瓦だけが赤い。コントラストが美しかった。

奥に重要文化財の木像がある、と奏人が指さした。

「拝観の時間が決まっていて、朝九時からの一時間と、夕方四時からの一時間だけだ。どうして重要文化財なのか、ぼくにはさっぱりわからない。寄せ木細工みたいな像なんだ。古いだけで価値なんかないと思うんだけど、文化庁が指定したんだから、何か御利益があるのかもしれないな」

本当に静かだった。清らかで、心が洗われるような空間には、風の音さえしない。

裏は墓になってる、と奏人が歩きだした。

「染田町の住人のほとんどは墨跡寺の檀家だ。うちも天外宗徒だけど、葬式以外は関係ない。住人が檀家になってるのは、墓があるからだよ。先祖代々って言われたら、簡単に動かせないだろ?」

寺の裏は緩やかな傾斜になっていて、そこに数え切れないほどの墓石が並んでいた。線香の匂いがどこからか漂ってくる。いくつかの墓の前に、花が供えられていた。

年寄りは墓参りが好きだからね、と奏人が笑った。

「さっきの駐車場まで、車ならどこの家からでも一時間かからない。狭い町の良さはそこかもしれないな。先祖供養が習慣になってるんだよ」

「山科家のお墓もここに？」

もちろん、とうなずいた奏人が区画ごとに分かれている墓石の間を歩き、一メートルほどの高さの墓石の前に出た。

わたしの中で、墓石は黒、もしくはグレーのイメージがあったが、並んでいる墓石はそれぞれ少しずつ色が違っていた。

青みがかった灰色、きめ細かい模様が入った白っぽい墓石、淡紅色というのか、黒とピンクが混ざったような色もあった。

山科家の墓石は深い黒で、角度によって金色の斑点が浮かんでいるように見えた。浮金石《うきがねいし》っていうんだ、と奏人が墓石に触れた。

「福島県で取れる珍しい石なんだよ。陽が当たると、石の中に含まれている雲母が反射して光る。祖父が亡くなる前に買ったそうだ。かなり高かったらしい」

墓石の表に、山科家代々之墓、と彫りが入っていた。横面には、小さな文字で三十人ほどの人名が刻まれていた。

「これは？　山科奏人ってあるけど……」

よく見てくれよ、と奏人が一番下の文字を指さした。そこにあったのは、山科奏大《たくひろ》という名前だった。

横の一本棒を見落としていたのがわかり、わたしは照れ笑いを浮かべた。

「奏大さんは父の弟で、ぼくと和美の叔父に当たる」
二、三回しか会ったことはないけどね、と奏人が言った。
「三十歳ぐらいで病死したと聞いてる。父の家系は短命で、四十代、五十代で亡くなってる人も多い。うちの父は長生きしてる方だ。もっとも、子供の頃から体が弱かったそうだけど」

母方は逆で、長命の家系なんだ、と奏人が微笑んだ。

「祖母は九十一歳だったかな？　曾祖母は百歳の誕生日に町長から記念の盾をもらった翌日亡くなった。表彰されて気が緩んだんじゃないかって、母が話してたよ」

墓石の脇にある竹筒に、きれいな白百合が差してあった。辺りを見回すと、近くの墓も同じだった。

奏人が手を合わせた。わたしもそれにならった。冷たい風が心地よかった。

4

駐車場に戻り、車に乗った。

「それで……明日、帰るの？」

奏人の問いに、まだわからない、とわたしは答えた。

「『オージナリー・ピーポー』のラストが決まれば、後は彼女が書くだけで、わたしがいても邪魔になるだけ。編集長も金曜には帰ってこいって言ってる。何人か締め切りを守らない作家がいて、担当者が追いかけてるんだけど、編集部に誰もいないと仕事にならないのはわかるでしょう？」

刑事みたいだな、と奏人が笑った。冗談になってない、とわたしは首を振った。

「あの人たちは親でも妻子でも平気で殺すの」

殺すって、と奏人が顔を引きつらせた。親が死んだから締め切りに間に合わなかったって言い訳、とわたしは言った。

「寝たきりだった母親が亡くなった、妻が強盗に襲われた、息子が誘拐された、何だってありよ。実母が三回死んだ作家もいる。あたしが入社してすぐ、父が急死したので締め切りを延ばしてほしいって泣きながらある作家が電話をかけてきた。お悔やみ申し上げます、締め切りのことは気になさらないでくださいって弔電を打ったの」

「大変だね」

「そうしたら、当の父親がかんかんに怒って、編集部に電話してきた。失礼にもほどがある、私はまだ生きてるって……こっちは新人編集者で、作家の家族まで把握してなかったから、信じるしかないでしょ？」

「作家って子供みたいな言い訳をするんだな」

子供以下よ、とわたしは声を潜めた。

「どう考えたってすぐにバレるようなことを平気で言う。真に迫った演技だから、嘘でしょうとも言えない。最近は減ったけど、締め切り破りの常習犯はいるのよ。うちの編集部には前科者リストがあって、そこに載ってる作家は要指名手配。今回はそれが重なったみたいで、早く捕まえないと後が厄介になる」

「かなりの緊急事態みたいだね」

和美さんがラストを決められなかったら、とわたしは箸を置いた。

「日曜までこっちにいるしかない。最初からそれは想定していたし、編集長も了解している。ただ、他の編集者が作家に張り付いたり、行方を追ってるのに、わたしだけここにいるのは申し訳ないっていうか……うちの編集部は前から人手が足りなくて、猫の手も借りたいぐらいなの」

和美の欠点は決断力がないところだ、と奏人が言った。

「喫茶店に入っても、コーヒーか紅茶か、それだけで十分以上悩む。今のうちに言っておくけど、和美が今日中にラストを決めることは絶対にない。断言してもいいぐらいだ」

「だけど……」

編集部が大変なのはわかる、と奏人が微笑んだ。

「他の編集者が指名手配中の作家を追いかけている時に、染田町でのんびり過ごしていいのか、そう考えてるんだろ？　でも、例えば明日の昼に染田を出ても、東京に着くのは夕方五時か六時ぐらいだ。そんな時間から何ができる？」

編集者は普通のサラリーマンと働く時間帯が違うと言ったわたしに、そうだとしても土日は休みだろう、と奏人が肩をすくめた。

「古田編集長は日曜まで粘ってもいいと言ったんだよね？　君にとって重要なのは、山科和美の『オージナリー・ピーポー』で、それなら残るべきだ。待つのも仕事のうち、そうじゃないか？」

戻りたくない、とわたしは奏人を見つめた。月曜に染田町へ来て、今日で四日目だ。

東京で生まれ育ったわたしは、東京のことしか知らない。それなのに、染田にいたいという想いがどんどん大きくなっていた。

「戻って、和美さんと話さないと」

古田にも連絡を入れると伝えている。わたしの勝手な思いだけでは決められない。全体のバランスを考えて行動するのは、編集者の習性でもあった。

帰ろうか、と奏人が言った。了解、とわたしはエンジンをかけた。

5

山科荘に戻ったのは、午後一時過ぎだった。まずは和美と話さなければならないが、どう切り出すか迷っていると、ノックの音がした。

ドアを開けると、和美が両手を前に突き出していた。どうしたのと聞くと、自首しに来ました、と反省のポーズを取った。

わたしたちは部屋の炬燵に向かい合わせで座った。ごめんなさい、と和美が頭を下げた。

「もう少しだけ、時間をください。今日中に決めるつもりでしたし、あの二人が別れる方向に傾いてますけど、それが間違っていないと確信できるまでは書けません」

何よりも重要なのは、読者が和美の紡ぐ物語に満足することだが、作家の心理はデリケートだ。一日、あるいは一時間ごとに考えが変わる。

小説に絶対の正解はない。迷い、悩むのは誠実な作家なら誰でも同じだ。

自信がなければ、小説は書けない。そのためには、和美が自分の判断に確信を持つ必要があった。

逃げているのではなく、小説に立ち向かうために、和美は頭を下げている。自分自身が納得したいからだ。

数日中に、和美は心を決めるだろう。それを待つのが編集者の仕事だ。

「ここまで来たら、最後まで粘りましょう」

後のことは任せてください、とわたしは和美の手を握った。

「代表作を書いてほしい。それだけがわたしの願いです。和美さんなら、必ず書けます」

県警の刑事さんが、もうすぐうちに来ますと和美が小声で言った。

「ユカと親しかったわたしの話を聞きたいそうです。自殺なのか、他殺なのか、それはわかりませんけど、ユカは友達です。本当のことが知りたくて、協力しますと答えました。それもあって、今は『オージナリー・ピーポー』に集中できなくて……』

わたしは田渕由香子という女性のことを何も知らない。なぜ自殺したのか、あるいは殺されたのか、事情もわからない。だから、何も言えなかった。

ただ、和美も不安だろう。市民が警察の事情聴取を受けることはめったにない。警察を威圧的に感じるのは、誰でもそうだ。

「二階のリビングで刑事さんと話すことになっています。できれば一緒に……」

もちろんです、とわたしはうなずいた。ほっとしたのか、和美が安堵《あんど》のため息をついた。

その前に編集長に電話をしてきます、とわたしは部屋を出た。廊下の奥の黒電話のダイヤルを回すと、麻視出版でございます、という古田の声がした。

「おお、春ちゃん。調子はどうだ?」

「山科さんですが、もう少しだけ時間がほしいと言ってます」前置き抜きで、わたしは状況を説明した。「こっちに残って様子を見たいんですが、構いませんか?」

しょうがないな、と古田が言った。

「その代わり、月曜はなるべく早く出社してくれ。改心した作家たちが原稿を送ってきた。深町さんだけは捕まっていないが、一人なら問題ない。時山さんは何とかなると思っていたが、枕崎氏の原稿を取ってきたのは菰田の手柄だ。あいつもたまには仕事をするんだな」

「深町先生は?」

連絡がつかないから、軽井沢の別荘に亀井女史を行かせた、と古田が唸り声を上げた。

「さっき出たばかりだけど、長野新幹線のおかげで、東京から軽井沢まで一時間とちょっとだ。おれは行ったことがないが、軽井沢の駅からタクシーで三十分かそこらだと聞いてる。別荘にいなけりゃ、国外逃亡でもしたんだろう。後はインターポールに任せるしかない」

古田のジョークはつまらないことで有名だ。月曜の朝に山科荘を出ます、とわたしはメモしていた時刻表の時間を確かめた。

「九時の岩手銀嶺鉄道に乗れば、十時半にいわて沼区内駅に着きます。そこから東京まで二時間半、一時過ぎには出社できると思います」

オッケーオッケー、と古田が笑った。

「むしろ、こっちが詫《わ》びないとな。土日を潰させるんだから、埋め合わせはするよ。PR誌の校了が終わったら、代休でも何でも取ってくれ、それでいいな？」

近づいてきた和美の母親が天井を指さした。刑事が来たようだ。

また連絡しますと言って、わたしは受話器を架台に置いた。

6

田渕さんに恨みを持つような人に心当たりはありませんか、という野太い声が聞こえた。

階段を上がった母親に続いてリビングに入ると、中年の男が椅子に腰掛けていた。テーブルを挟んだ向かいの席で、和美が唇を結んでいる。

岩手県警の小貫《おぬき》警部補、と母親が囁いた。わたしたちは和美の後ろにあった椅子に座った。

「ユカはおとなしくて、素直な子です。殺されたなんて信じられません」

和美が首を振った。自殺か殺人か、まだ結論は出ていません、と小貫警部補が腕を組んだ。

「ただ、鑑識の報告によると、納屋で由香子さんの死体を動かした者がいたのは確かです。自殺した人間が、歩くはずもありません。抵抗痕も含め、他殺の可能性が高くなったと我々は考えています。染田は狭い町ですから、交友関係を調べていけば何か出てくると思っていましたが、なかなか厳しくてですね……あなたは由香子さんと親しかったと聞いています。捜査に協力を――」

言葉を切った小貫警部補がわたしに目を向けたが、和美の従姉妹です、と横から母親が言った。うなずいた小貫警部補が和美に視線を戻した。

「由香子さんは染田町の生まれで、高校を卒業後、銀川市の郵便局で働いていました。二カ月前、交際していた先輩局員と婚約したのは聞いてますか？」

いいえ、と和美が首を振った。

「どうして言わなかったんだろう。お祝いしたのに……」

交際期間は一年ほどでした、と小貫警部補が舌打ちした。

「結納がまだだったので、話さなかったんでしょう。他にも理由があったのかもしれませんが、婚約したばかりの女性が自殺するのはおかしいと思いませんか？　偽装自殺だと考えたのはそのためです。婚約者との間で何かトラブルが起きたのかとも思いましたが、郵便局の同僚に話を聞いても、今のところ何も出てません。あなたが頼みの綱なんです」

そう言われても、と和美が困ったように首を傾げた。婚約者にはアリバイがあります、と小貫警部補が話を続けた。

「由香子さんのことを悪く言う者はいません。勤務態度も真面目で、評判のいい女性です。殺されるなんてあり得ない、誰もが口を揃えてそう言ってます。動機がないのは確かで、その意味では殺人と言い切れません。恨まれていたとか、そんな話を聞いたことはありませんか?」

一度も、と和美が首を振った。昨日は郵便局関係、と小貫警部補が顔をしかめた。

「今日の午前中に二人の友人と会って話を聞きましたが、とにかく何も出なくて……」

秋穂と紀子ですね、と和美が言った。

「染田町に残っているのは、女子だとわたしたち四人だけです。親しくしてましたし、何でも話せる仲でした。でも、ユカが誰かに恨まれているとか、そんな話は聞いたことがありません。高校の同級生の男子が何人か町に残っています。それは知ってますか?」

もちろんです、と小貫警部補がテーブルを指で叩いた。

「私の同僚が調べましたが、この数年はほとんど会っていなかったそうです。大学に進学して染田を離れたり、就職して仕事が忙しかったり、事情はいろいろあったんでしょう。詳しい話は聞いてませんが、彼らに不審な点はなかったということです。犯人の見当がつかないどころか、このままだと長引きそうで参ってます」

変質者の犯行ではと言ったわたしに、その線も追っています、と小貫警部補がわたしに目を向けた。

「しかし、近隣で不審者を見た者はいません。痴漢も含め、女性が襲われたという報告も入ってないんです。あなたは染田の方ですか? きれいな標準語ですが……」

東京の出版社で働いているんです、と母親が言った。

「たまたまうちに来ていて、和美が心配だからそばにいたいと……従姉妹なら当たり前でしょう？」

東京の出版社、と小貫警部補がこめかみを指でつついた。

「どこかで聞いた気がするんですが、それはいいとしましょう。確かに、変質者の犯行という意見は捜査本部内でも挙がっています。あなたがそう考えるのはわかりますが、私は違うと思いますね」

「なぜです？　わたしは由香子さんのことをよく知りませんが、誰からも好かれていたと和美に聞きました。恋人ともうまくいってたんですよね？　変質者が由香子さんを襲い、殺したと考えるしかないのでは？」

強盗の可能性はあります、と小貫警部補が下唇を突き出した。

「しかし、それなら自殺を偽装するのは妙でしょう。それに、納屋周辺に争った痕跡はありませんでした。悲鳴を聞いた者、犯行現場を目撃した者もいません」

「染田は過疎化が進んでいます。目撃者がいないのはそのためだと――」

襲われれば誰でも悲鳴を上げますよ、と小貫警部補が苦笑を浮かべた。

「納屋から自宅までは約三十メートル、解剖の結果、殺害時刻が判明しましたが、土曜の午後一時から三時前後です。その時間、外出していたご両親は家に戻っていました。東京とは違い、静かな町です。三十メートル離れていても、悲鳴は聞こえたでしょう。もちろん、絶対とは言えませんが」

説得力のある言葉に、わたしは口を閉じた。何より現場がきれい過ぎます、と小貫警部補が言った。

「この手の事件は何度か捜査したことがありますが、変質者の犯行なら、現場は荒れ放題ですよ。人を殺せば、誰でも怖くなります。逃げ出すのが精一杯で、妙な細工をする者はいません。現実はミステリー小説と違うんです。いずれにせよ、犯人が由香子さんと無関係なら、自殺に偽装する理由はないでしょう」

改めてお聞きします、と小貫警部補が和美を正面から見据えた。

「由香子さんについて、話してもらえますか？　どんなことでも構いません。学生時代の友人で彼女と最近会ったのは、あなたたち三人だけなんです」

そう言われても、と和美が額に指を押し当てた。

「前はしょっちゅう会っていました。でも、わたしが青森の大学に行って、三年前に戻ると、それぞれの環境が変わっていました。秋穂は今のご主人とのデートで忙しかったし、紀子とユカは就職して、なかなか会えなくなっていたんです。高校の頃とは人間関係も違ってますから、共通の話題がなかったためもあります。でも、それが普通だと思いますけど」

確かにそうです、と小貫警部補が腕を組んだ。それからしばらく、沈黙が続いた。

七章　家族

1

警察は殺人の可能性が高いと考えている、とわたしは言った。

「そうおっしゃっていましたよね？　小貫さん自身はどうなんですか？」

何とも言えません、と小貫警部補が腕を解いた。

「抵抗痕については、自殺でもつく場合があります。あくまでも勘ですが、殺人ではない気もします。ただ、そうなると死体が動いた理由が説明できません」

わたしにとっても、それは謎だった。誰が、何のために、死体を動かしたのだろう。

三十分ほど小貫警部補が質問を繰り返したが、和美は首を振るだけだった。いいでしょう、と小貫警部補が両膝を叩いた。

「要するに、由香子さんに恨みを持つ者に心当たりはない、そういうことですね？」

はい、と和美がうなずいた。わかりました、と小貫警部補が角刈りの頭をがりがりと掻いた。

「青森の大学を卒業したとおっしゃっていましたが、自分の実家が青森でしてね。弘前大ですか？」

まさか、と和美が苦笑いを浮かべた。

「私立箔王大学です。染田に戻ったのは三年前です」

箔大《はくだい》ですか、と小貫警部補が言った。

「偶然ですね。叔父が箔王の史学部で助教授を務めていたんです。半年前、胃ガンで亡くなりましたが」

小貫助教授、と和美が首を傾げた。

「覚えてません。わたしは文学部だったので――」

叔父は勝矢《かつや》といいます、と小貫警部補が立ち上がった。

「聞き覚えはありませんか？」

勝矢助教授ですか、と和美がうなずいた。

「一年の一般教養で、授業を受けました。勝矢先生の専門は宗教史で、わたしを含め、文学部の同級生と勝矢ゼミを聴講したことがあります。教え方が丁寧で、親切な先生でしたけど、亡くなられたのは知りませんでした」

なるほど、と小貫警部補が低い声で言った。その表情で、箔王大学の名前を出したのが偶然ではないとわかった。

和美が勝矢助教授のゼミを聴講していたのも、知っていたのだろう。ただ、何のためにその話を持ち出したのかはわからなかった。特に意味があるとは思えない。

いろいろありがとうございました、と頭を軽く下げた小貫警部補が階段を降りて行った。唐突、と言っていいほどあっさりした態度だった。

何なのかしら、と母親が腹立たしげに言った。

「和美や同級生を疑ってるの？　そんなことあるわけないじゃない。ああ、気分が悪い」

疲れちゃった、と和美がテーブルのお茶をひと口だけ飲み、そのまま自分の部屋に戻った。

午後二時になっていた。

2

和美が小貫警部補と話していたのは一時間弱だったが、休んで頭を切り替えないと、小説どころではないだろう。

その間、わたしは時間が空いてしまう。どうしようかと思いながら、自分の部屋のドアを開けると、和美の父親が座っていた。

驚きのあまり、声さえ出なかった。父親がゆっくりと頭を下げ、小さく笑った。

髪をきれいに整え、髭《ひげ》を剃《そ》っている。黒いスーツを着たその姿は、実直なサラリーマンのようだった。

肉が削げたように痩せているのはそのままだが、別人に見えるほど印象が変わっていた。

「お座りください」

言われるまま炬燵を挟み、わたしは父親の向かいに腰を下ろした。まだらぼけという言葉が頭を過ぎった。

いわゆる認知症には、まだらと呼ばれる時期がある。正確には症状というべきかもしれない。記憶や認知能力は加齢によって衰え、歪《ゆが》みが生じる。幼少期のことをはっきり覚えていても、今朝何を食べたか思い出せない。高齢者にはよくある話だ。

年齢を重ねれば、誰でも物忘れが多くなる。顔はわかるけれど名前が出てこない、その逆もあるだろう。

父親に認知症の症状が出ているのは、わたしも聞いていた。ただ、和美や奏人によれば、何もかもがわからなくなっているわけではないようだ。

今朝、目覚めた時、父親は正常な状態にあったのだろう。髪形を整え、髭を剃り、ワイシャツやスーツを着ることもできた。

その後、まだらの状態に入り、何もわからないままわたしの部屋のドアを開け、勝手に入り込んだが、再び正常な状態に戻ったのではないか。目を見てわかったが、はっきりした意志が感じられた。

娘がお世話になっております、と父親が改めて頭を下げた。声に力があった。

「申し訳ありませんが、お名前を失念してしまいました。東京の出版社にお勤めだと聞きましたが……」

そうです、とわたしは答えた。

「春川澄香といいます。麻視出版の編集者で、和美さんの担当をさせていただいています。よろしくお願いします」

そうでした、と父親が落語家のように額を平手で叩いた。

「春川さん、春川さん……失礼しました。どうも最近名前が覚えられなくて……歳は取りたくないものです」

平凡な名前です、とわたしは言った。

「かえって覚えにくいかもしれません」

「春川澄香さん……いや、覚えました」

父親が胸を叩いた。前に見た時とは何もかもが違った。

戸惑っていると、五十五歳になりました、と秘密を打ち明けるように父親が言った。

「一年ほど前から〝あれ〟が増えましてね……あれはどこにある、あれはどうなった、あれはまだか、情けない限りです。人の名前も同じで、あの人は最近どうしてるんだ、あの人とはいつ会ったっけ……全部忘れてるわけではないんです。それでは認知症ですからね。春川さんなら、最初の〝は〟さえ出てくれれば下の名前まで言えます。不思議なものですよ」

もう忘れません、と父親が明るい声で笑った。和美や奏人が話していたほど、症状は酷くないようだ。

わたしたちの間で、会話は成立していた。症状が重ければ、受け答えがおかしくなるはずだ。

時間の感覚が残っているのも、症状が軽いと思った理由だった。今日が何月何日で、今何時なのか、認知症の患者はまずそこがわからなくなるという。

時計を見せても時間を言えないし、何度も聞けば怒り出す。あるいは、怒ったふりをする。

時間や日付がわからなくなっている自分への怯えのためで、同時にそれを家族や周囲に悟られたくないという羞恥心の感覚による、と聞いたことがあった。

テレビのドキュメンタリー番組で、今何時ですかと問われた認知症患者が〝何時だと思います？〟と切り返す場面を見たことがあるが、その表情は普通の人間と何ら変わらなかった。

計算ができなくなる者も多い。たまにだが、高齢者がコンビニのレジで財布を引っ繰り返し、店員に金額を数えさせている光景を目にすることがある。自分で計算ができなくなっているためだ。

何を買う時でも祖母は一万円札を出す、と高校の友人が話していたのを思い出した。それもまた計算ができないからで、百円のお菓子を買っても、千円札で足りるとわからないまま、一万円札を出すようになったのだろう。

だが、和美の父親は違った。五十五歳になった一年ほど前から物忘れが始まり、名前が出てこなくなったと話している。

時間の感覚があるのは明らかで、専門家ではないから確かなことは言えないが、認知症ではないのかもしれないと思うほどだった。

物忘れが酷くなった自覚はあるが、五十五歳ならおかしくない。わたしの年齢でも、度忘れはある。

今日まで、父親とはほとんど話していなかった。何度かその姿を見ていたが、普通とは言えない様子だった。

挙動不審というレベルではない。存在そのものが歪に感じられたほどだ。

今は違う。ゆったりした笑みを湛《たた》えた表情は、どこにでもいる五十代半ばの男性のそれだった。まだらだとすれば、それが極端に出るタイプなのかもしれない。

「お体の具合はいかがですか？」

気になっていたことを、わたしは尋ねた。

「心臓が少しお悪いと聞いています。心配していました」

良くないですね、と父親が顔をしかめた。

「子供の頃から体が弱くて……亡くなった父も心筋梗塞でした。遺伝なんでしょう」

ただ、昨日までです、と父親が笑みを濃くした。

「いろいろ心労が重なって、体調が悪かったのはそのためですが、問題はなくなりました。長い間考えましたし、悩みというと大袈裟《おおげさ》に聞こえるかもしれませんが、この数日は濃い霧の中にいるようでした。妻とどれだけ話したかわかりません。何度も何度も話し合いましたよ」

「そうですか……悩まれてたんですね」

何を言いたいのか今ひとつわからなかったが、察することはできた。妻との間で、諍《いさか》いがあったのだろう。

いつまでもというわけにはいきません、と父親が首を振った。

「何でもそうですが、解決するのは時間です。今日は木曜でしょう？　何日考えても、結局は同じだとわかりました。妻にも諭されて、ようやく落ち着いたところです」

話の内容は曖昧だが、家族でなければわからない何かがあったに違いない。他人に話せない悩みは誰にでもある。

「今さら時は戻せません。子供の頃が懐かしいですね……勉強もそれなりにできたんですよ。この辺もすっかり変わってしまいました。春川さんは限界集落についてご存じですか？」

人口の半分以上が六十五歳を越えた集落ですね、とわたしは言った。昔流に言えば過疎です、と父親がうなずいた。

「限界集落と過疎の違いは私もよくわかりませんが、染田がそのひとつなのは確かです。残っているのは年寄りばかり、若い者はどんどん出て行きます。妙なもので、年寄りの方が元気で、若い子たちは病気やら事故やら、いろんなことがあるんです」

「はい」

「年寄りが強くなったのか、若者が弱くなったのか……染田も人が減りました。仕方のない話で、ろくな仕事もありませんからね。誰が悪い、何がいけない、そんなことを言っても始まりませんん。どうにもならないことはありますよ。もっと早くわかっていれば、気づいていれば……今でも妻はそんなことを言いますが、後の祭りというでしょう？」

そうかもしれません、とわたしは相槌を打った。機嫌よく話しているのだから、今は聞くしかない。何を言ってるのかよくわからないのは、認知症の特徴のひとつだ。

「無理にねじ曲げたところで、元には戻りません。それでもねえ……夫婦といっても結局は他人です。男と女は考えることも違いますよ。そう思いませんか？」

「何となく……おっしゃりたいことはわかります」

これればかりはどうにもなりません、と父親がため息をついた。

「いろいろ思うところもあって、それは妻にも言いました。ですが、私の話なんか聞きやしません。間違ってるとわかっていても、意地になったのか……ですが、今となっては、という話です」

「奥様と意見が違ったんですね」

そんなところです、と父親がうなずいた。

「それでも……今朝になって、私もできる限りのことをするべきだ、とわかりました。それに、私の考え過ぎかもしれません。誰でも人生の選択には悩み、迷い、苦しみます。そうでしょう？」

ほんの少しだけ、父親の声が高くなっていた。自分自身を説得するような声だった。

わたしの頭に、大きなプールが浮かんだ。父親がそこに一滴の墨汁を垂らしている。

圧倒的な水量に、一滴の墨汁はすぐ混ざってしまう。プールは何も変わらない。

ただ、溶けていても、同化しても、プールは墨汁一滴を含んでいる。異物が混ざったのだから、それまでの状態とは違う。

だが、気づく者はいない。わたしにもわからない。それでも、確実に何かが変化している。

わたしには父親に対する違和感があった。でも、怖くはなかった。

父親は認知症を患っている。彼が立つ地平はわたしと違う。違和感の正体はそれかもしれない。

父親は世間話をしている。少なくともそのつもりでいる。

どこかでピントがずれ、何を言いたいのかはわからない。それでも、困ることはなかった。

わたしを楽しませようと思って、話しているのは確かだ。歓迎のニュアンスが言葉の端々にあった。

不意に父親が口を閉じた。ノックの音と同時に、和美が顔を覗かせた。その表情に、戸惑いの色があった。

「春川さん、古田編集長から電話が……お父さん、何してるの？」

世間話ぐらいいいだろうと言った父親に、失礼しますと断って、わたしは部屋を出た。二階へ行こう、と和美が父親に声をかけていた。

3

明日は金曜だ、と電話口で古田がのんびりした声を上げた。

「人間万事塞翁《さいおう》が馬、昔の人はうまいことを言ったもんだ。バタバタしたが、結局は収まるところに収まった。編集者ってのはおかしな仕事だよ。春ちゃんもそう思うだろ？」

機嫌のいい声に、何かあったんですかとわたしは尋ねた。もろもろ終わった、と古田が深い息を吐いた。

「今回ばかりはもう駄目だと思った。最初から進行が遅れてただろ？　スタートでつまずいて、立ち上がったらもう締め切りが目の前に迫っていた。どう考えたって、絶対間に合わない。しかも、作家連中は東西南北に逃げている。物のたとえだよ？　北海道から沖縄ってことじゃない」

「わかってます」

姿を消したのは本当だ、と古田が言った。

「書けないと正面から宣戦布告する奴、今回ばかりはご勘弁を、と時代劇みたいなことを言う奴、連絡を絶って行方をくらましたり、締め切りって何のことだと開き直る奴までいた」

「作家を奴呼ばわりするのは止めた方がいいですよ」

そんな先生ばかりだった、と皮肉たっぷりに古田が言った。

「しかしだ、人間は追い込まれた時に真価を発揮する。よく言うだろ、人間は脳の三パーセントしか使ってないって。三十パーセントだっけ？　どっちでもいいが、百パーは使ってない」

「はい」

「今回は全員がフル回転した。時効寸前で犯人を逮捕し、原稿を奪い取ったんだ。こっちがピンチなのは、印刷会社もわかってたから、最悪の事態に備えて構えを取っていた。災い転じて福となすだ。おかげさまで、一気に校了まで持ち込めた。今、最後の確認をしているが、明日の夜には終わるだろう。平和な週末が待っている。生きててよかった」

「すいません、何もできなくて……みんな、徹夜続きだったんじゃないですか？」

今、四十七時間目だ、と古田が言った。

「でもさ、編集者が面白いのはこういう時だと思うね。文化祭に似てるよ。もう駄目だ、間に合わない、追い詰められてからの大逆転が一番盛り上がる。敵は締め切りで、要するに時間だから、どう頑張ったって動かない」

「そうですね」

「乗り越えるには、編集部が一丸になるしかない。久しぶりに菰田と二人で飯を食ったよ。話してみれば、あいつも悪い奴じゃない。青春だよなあ」

「塚本くんや亀井さんは?」

塚本は壮絶な戦死を遂げた、と古田が笑った。

「一時間前から、会議室の床で爆睡してる。それでも、自分の仕事は終わらせた。あいつもいい根性してるよ。俺の世代の連中はさ、若い奴は駄目だ、やる気がない、そんなことを言うだろ? ピラミッドの壁にも〝最近の若い奴は〟って書いてあるそうだけど、俺に言わせれば大きな勘違いだな」

「わたしもそう思います」

「時代が変わってるんだ。編集者の意識だって変わるよ。その点、亀井女史はオールドスタイルだよな。さっきから目を三角にして、ずっと校正をやってる。それもまたいいじゃないの。守るべき伝統だってあるさ」

亀井女史には苦労をかけた、と古田がため息をついた。

「軽井沢の深町さんの別荘まで行ってもらったが、結局そこにもいなかった。軽井沢駅から電話があったが、受話器が爆発するんじゃないかってぐらい怒ってたな。気持ちはわかる。俺もあの人は駄目でさ。若くして売れっ子作家になったから、責任感がないんだ」

「噂は聞いたことがあります」

「何だかんだあったけど、他の作家は原稿を書いた。逃げたのはあの人だけだよ。エッセイやコラムで埋めて、何とかなったけどな。他社の連中に聞いたが、どこも原稿を取れなかったそうだ。編集者を馬鹿にしてるんだろう。今にしっぺ返しを食らうぞ」

「そうかもしれません」

電話したのは、と古田が咳払いをした。

「山科和美のことが気になったからだ。こっちの戦争は終わりが見えた。War is overだよ。校了したら、俺たち兵隊は泥のように眠る」

「はい」

「正直、土日は携帯に触れたくもない。だけど、春ちゃんはまだ最前線で戦ってるだろ？ 放っておくわけにもいかないじゃないの。何なら、週明に俺がもう一度行ってもいいんだ。どうする？」

その必要はありません、とわたしは言った。

「最後まで粘って、必ずいい作品にします。和美さんにはそれだけの力があるんです」

任せる、と古田が言った。

「気合が入ってるのは、声でわかるよ。こっちは明日の夜に終わるし、どっちにしたって夜八時までに入稿作業を終えろと印刷会社から言われてるんだ。フィニッシュしたら、逃げるように帰る。いや、逃げる。だから春ちゃんとは連絡が取れなくなる……冗談だ。何かあったら、土曜でも日曜でも電話をくれ。月曜の夕方でもいいから社に戻れるよな？」

「はい」

「そっちが圏外ってのは困るよな。電話もメールも通じないなんて、本当に日本なのか？」

無理するなよと言って、古田が通話を切った。受話器を架台に置くと、いきなり大きな音が鳴り、反射的にわたしは電話に出た。

「もしもし、山科荘ですか？」

声に聞き覚えがあった。県警の小貫警部補だ。

「春川さんですね？　あなたに聞きたいことがあって、電話したんです」

「わたしにですか？」

小貫がわたしの名前を知っていることに、驚きがあった。会った時も、名乗ってはいなかったはずだ。

お母さんは従姉妹とおっしゃってましたが、と小貫が空咳をした。

「東京の出版社で働いていると話してましたね？　それが引っ掛かってまして……ええと、春川澄香さん、麻視出版文芸編集部……あなたは田渕由香子さんが死んだ納屋へ行ってますが、その際、警察官に名刺を渡したでしょう？　その話を思い出して、警察官に名刺をファクスさせたんです」

すいません、とわたしは頭を下げた。

「嘘をつくつもりはなかったんですが……わたしは和美さんを担当している編集者です。それを言うと、面倒なことになるとお母様が考えて、咄嗟《とっさ》に従姉妹と言っただけだと思います。おまわりさんにも話しましたが、編集者として――」

ミステリー小説をよく出している出版社ですからね、と小貫が言った。

「参考にしたいってことでしょう？　気持ちはわかりますよ。事情聴取に立ち会う機会なんて、なかなかないですからね。厳密に言えば、第三者の立ち会いは認められていませんが、そこはいいとしましょう。あなたに聞きたいことは他にあります」

「何でしょう？　由香子さんのことは何も知りません。わたしは月曜に染田に来ましたが、彼女とは会ってもいないんです」

月曜ですか、と小貫警部補がため息をついた。

「いや、もしかしたら先週から来ていたんじゃないかと思ったので……ここだけの話にしていただきたいんですが、一応伺っておきます。山科家のご家族に妙な様子はありませんでしたか？」

「妙な様子？　どういう意味ですか？」

警察はあらゆる可能性を考えます、と小貫警部補が言った。

「そういう仕事なので、勘弁してください。はっきり言えば、ご両親ではなく和美さんです。どうでしょう?」

「何を言ってるんです? 彼女が由香子さんの死に関係していると?」

叔父の話をしましたが、と小貫警部補が咳払いをした。

「半年前に叔父は亡くなっていますが、実を言うと、和美さんのことは叔父に聞いて知っていたんです」

「知っていた?」

一年の時、叔父のゼミに参加したと彼女は話していましたが、と小貫警部補が先を続けた。

「熱心な学生だ、ぐらいには思ってたんでしょうが、特に印象に残っていたわけではないようです。ところが、ちょうど一年前、まだガンが見つかっていなかった頃、和美さんが箔大に来て、叔父に取材を申し込んだそうです。『寂しい雪』がベストセラーになっていましたから、小説のことかと思っていたら、尼曾道教《アマソト》という古代宗教について、専門的な質問をされたと話していました」

「尼曾道教?」

「彼女が卒業したのは三年前、ゼミに参加していたのはその入学した年の冬です。六、七年ぶりに会ったことになりますが、私が見舞いに行った時に、その話をしたのは、よほど印象的な何かがあったんでしょうね」

「何かとは？　和美さんはどんな質問をしたんです？」

詳しいことはわかりません、と小貫警部補が言った。

「尼曾道教の教義とか、そんなことだったようです。台湾に伝わる伝統的な土俗宗教で、独特な死生観があると叔父は話してました。肉体は滅んでも魂は死なないとか、そんな感じですかね。由香子さんの死が自殺か他殺か、まだ結論は出ていませんが、いずれにしても死体を発見したのは和美さんだったのではないか……あくまでも刑事の勘ですが、そう思えてなりません。和美さんは由香子さんの親友で、死んでいるとわかっても信じられなかったでしょう。この世に呼び戻したいと考えても、おかしくありません。尼曾道教には死者を復活させる呪法があって――」

矛盾しています、とわたしは言った。

「まず、和美さんが親友の由香子さんの死に直接関与しているはずがありません。殺害する動機はないんです、仮に和美さんが由香子さんの死体を見つけたとしても、順番が違うのでは？　死体を発見し、生き返らせたいと願い、勝矢助教授に復活の呪法を教わり、それを由香子さんに施した……それならわかりますが、今の話だと、和美さんは由香子さんの死を一年前に知っていたことになります。おかしくありませんか？」

おっしゃる通りです、と小貫警部補がうなずく気配がした。

「勘の話ですから、これ以上は言いません。その代わり、もうひとついいですか？」

どうぞ、と答えたわたしに、箔王大学は恐山《おそれざん》の近くにあります、と小貫警部補が言った。

「イタコで有名な恐山です。日本三大霊場のひとつですよ……和美さんが参加したのは、正確に言うとゼミ合宿で、恐山の麓にある大学の保養施設に泊まっていたそうですが、その時恐山円通寺《えんつうじ》境内の恐山温泉で自殺者が同じ日に三人出ましてね。三人とも首吊りです。あれは嫌なもので、首が信じられないほど伸びるんですよ……失礼、聞かなかったことにしてください。もともと恐山は自殺者が多いんですが、ゼミ生が現場で封筒を見ているんです」

「封筒？」

おどろおどろしい話をするつもりはありません、と小貫警部補が言った。

「サブカルっていうんですか？　叔父はそっちにもアンテナを張ってまして、ゼミ生に調べさせたそうです。その中に和美さんもいたんですが、自殺者の足元に封筒が落ちていたのは後で警察も確認しています。ただ、市販されている商品で、大きな文房具屋なら売っていたので、偶然だろうと青森県警は考えたようですね。中に一枚、紙が入っていたんですが、何が書いてあったと思います？」

「……さあ」

何も書いてなかったんです、と小貫警部補が苦笑した。

「当時、つまらない噂がネットに流れましてね。同じ日に三人自殺するのは変だ、呪いだ、崇《たた》りだ、霊現象だ……下らないことを言う奴はどこにでもいますよ」

怪談話とインターネットは相性がいい。怖い話のスレッドはどこまでも伸び、尾鰭《おひれ》がついていく。まさにツリーだ。

出版業界でも、実話系の怪談本や事故物件の本がいくつも出ている。ほとんどの場合、ネタになっているのはインターネットだった。

「前置きが長くなりましたが、あなたは由香子さんが亡くなった納屋の近くへ行った際、赤い封筒を見たそうですね？　警察官にそう話したと聞いてます」

強い風が吹いていました、とわたしはうなずいた。

「ゴミや砂が風に舞っていたんです。その中に、二つ折りの封筒があった気がして、おまわりさんに話しました。でも、一瞬のことですし、チラシか何かだったのかもしれません」

「封筒について、和美さんやご家族から聞いたとか、どこかで見たとか、思い当たる節はありませんか？」

山科荘の部屋に案内された時、赤い封筒があったのは覚えていた。ホテルでいうウエルカムカードと同じで、もてなしの意味で置いている、と母親も話していた。

下手に触れると、詳しい事情が聞きたいと小貫が山科荘へ来るだろう。『オージナリー・ピーポー』の完成に向けて集中している和美の邪魔をしてほしくない、という思いがあった。

「知りません。もうひとつ、田渕さんの家の近くで見たのは赤いチラシで、封筒と言ったのはわたしの勘違いでした。それに、あれが封筒だとしても、だから何だっていうんです？」

怒ることはないでしょう、と小貫が言った。

「参考までにお伺いしただけです。気分を害されたならお詫びしますが……お忙しいところ、すいませんでした」

答えずに、わたしは受話器を架台に戻した。不快な何かが、わたしの背中で蠢いていた。

4

金曜日、朝七時に目が覚めた。顔を洗い、軽くメイクをしてから部屋を出ると、母親が床を拭いていた。

「おはようございます」

よく眠れたみたいね、とバケツに雑巾を入れた母親が立ち上がった。

「さっぱりした顔になってる。和美は徹夜だったみたい。あの子、考え込むと独り言を言う癖があるの。あたしたちが寝てると思ってたのか、声が大きくて困ったわ」

そういう作家もいます、とわたしは言った。

「小説に出てくる人物の会話を考えているうちに、一人二役で話したりするんです。煮詰まると独り言が出るのは、どんな仕事でも同じかもしれませんね」

「朝ごはんは何がいい？」

「まだ胃が起きてなくて……」

編集者という職業柄、基本的にわたしは朝食を取らない。ほとんどの場合、コーヒー一杯で済ましてしまう。

そんなの駄目よ、とバケツを下げた母親が廊下を歩きだした。

「不規則な仕事なのはわかるけど、だからこそ規則正しい生活を心掛けないと……じゃあ、これだけ教えて。ごはんの気分？　それともパン？」

「パン……だと思います」

和美を起こしてきて、と母親が言った。

「ゆうべから主人の調子が良くなって、食欲も出てきたの。朝は一緒に食べましょう。いいわね？」

わかりましたとうなずくと、それも止めて、と母親が足を止めた。

「そんな他人行儀な話し方……部屋にウェルカムカードがあったのは覚えてる？」

「……はい」

書いてあったでしょう、と母親が言った。

「山科荘をご自分の家だと思ってお過ごしください。家族としておもてなししますって……わたしたちはあなたを家族だと思ってる。その方が楽しいと思わない？」

あたしの言葉遣いが変わっていたのは気づいていたでしょう、と母親が階段の下にバケツを置いた。

「馴れ馴れしいって思ったかもしれない。娘を起こしてきてなんて、温泉宿の女将がお客さんに言うはずないものね。失礼だと思った？」

いいえ、とわたしは首を振った。

「嬉しいぐらいです。わたしと和美さんは仕事上のお付き合いですけど、もっと近づきたいと思っています。和美さんは才能に溢れた作家ですけど、経験不足なのは本当で、年上のわたしが教えられることもあるはずです。姉として、妹の成長を見守りたい……そのためなら何でもするつもりです」

そうよね、と母親がうなずいた。

「心の繋がりの方が大事でしょ？　血は水よりも濃いなんて、あんなの大嘘よ。だから、あなたも遠慮しなくていい」

和美を起こしてきて、と母親が微笑んだ。はいはい、とわたしは階段を上がった。

5

眠いんですけど、と目をこすりながら和美がリビングの椅子に座った。奥の席で、父親が新聞を読んでいた。

寝癖がついたままの奏人が入ってくると、いいかげんにしなさい、と母親がベーコンエッグを作っていた手を止めた。

「何なの、二人とも……顔も洗ってないの？　奏人、パジャマのボタンぐらいはめて。本当にだらしないんだから」

別にいいじゃない、とわたしはフライパンのベーコンエッグを大皿に移した。

「朝なんだし、少しぐらい――」

甘やかしたら駄目、と母親がトースターから飛び出したパンを父親の前に置いた。

「お父さん、新聞は置いてください。どうして男の人って……和美、手伝って。何でもあたしにやらせないでちょうだい。サラダぐらい取り分けたって、罰は当たらないでしょ？」

小さなため息をついて、和美が立ち上がった。朝からテンション高いな、と奏人がテレビをつけた。ローカル局のワイドショーなのか、知らない男性アナウンサーが早口で話していた。

「母さん、また血圧が上がるよ？　こっちの身にもなってくれよ。朝っぱらから文句を言われたって――」

言われるようなことをしてるからでしょ、と母親が鍋からコンソメスープをマグカップに注いだ。

「もう、本当に……朝から大忙しよ。あなたたちが手伝ってくれたら、母さんだってうるさいことを言わずに済むのに……お父さん、新聞読むのは止めてって何度言ったらわかるの？　ご飯の時はご飯、新聞なんて後で読めばいいでしょう？」

朝青龍《あさしょうりゅう》は強いな、と父親がトーストにバターを塗った。

「心技体というが、あれは体体体だな。あまり好きになれんが」

相撲がお好きなんですかと尋ねたわたしに、言ってなかったっけ、と和美が舌を出した。

「父さんはマニアっていうか、相撲だけが楽しみなの。新聞の星取り表を切り抜いて、スクラップしてる。もう何十年もよ」

昔はスポーツと言えば野球か相撲しかなかった、と父親が苦笑した。

「子供はどちらかのファンで、父さんは相撲派だったんだ」

サッカーだってゴルフだってあっただろうと奏人が言うと、今とは違う、と父親が肩をすくめた。

「昔はサッカー中継なんてなかった。水泳も陸上も、オリンピックぐらいだよ。柔道やラグビー、何でもそうだ。父さんは体が弱かったから、相撲に憧れがあったんだよ」

あたしは嫌い、と和美が口を尖らせた。

「だって、お相撲さんってみんな太ってるじゃない？　母さんもそう言ってたでしょ？」

言ってません、と母親が椅子に腰を下ろした。

「ああ、疲れた。澄香さん、あなたも座って……和美、母さんはね、お相撲さんが嫌いなわけじゃないの。ただね、夕方にＮＨＫで放送するでしょ？　そうすると、お父さんがテレビの前から動かなくなるのよ。一番忙しい時間なのに、ずっとテレビを見てるから……」

気になる取組があるんだよ、と父親が頭を掻いた。

「見逃せない大一番が……奏人、お前ならわかるだろ？」

悪いけどわからない、と奏人が笑った。

「ぼくは野球少年だから、相撲とかボクシングは好きじゃないんだ。でも、確かに昔とは違うんだろうな。マリンスポーツもあるし、細分化されてる。野球と相撲の二択なんて、今じゃ考えられないよ」

そういうものかね、と父親が新聞に手を伸ばしたが、母親に睨まれて手を引っ込めた。和美も奏人も、そしてわたしも笑っていた。

天気がいいなあ、と奏人が窓の外を指さした。

「秋らしくて、爽やかな日だ。風も気持ちいい」

そうね、とうなずいたわたしの袖を和美が引いた。

「ねえ、ニュースやってる。これって……」

そのまま、和美がリモコンでボリュームを上げた。男性アナウンサーが拡大した新聞記事を貼ったボードに、指し棒を当てていた。

『染田町で女性が自殺した事件ですが、単なる自殺ではないようですね。今朝の早刷りで、死体を動かした形跡がある、と岩手県警がコメントを出しています。番組でも取材を進めたところ、第三者の関与が濃厚で――』

和美、と父親が箸を置いた。

「チャンネルを変えなさい。朝からそんなニュースを見たくない。面白半分に扱うような話じゃないだろう」

和美がリモコンのボタンを押すと、アニメ番組に変わった。いい朝が台なしだ、と奏人がフォークでサラダをつついた。

「テレビなんかつけなきゃよかった。ぼくのせいだ。謝るよ」

気にしなくていい、と母親が奏人の背中に手を当てた。

「そのうち、本当のことがわかるわよ。ねえ、トースト余ったけど、誰か食べない？　お母さん、お腹いっぱいになっちゃった。捨てるのももったいないし……」

仕方ないな、と奏人がトーストの載っている皿を引き寄せた。

「毎回言ってるけど、母さんは何でも作り過ぎだよ。五人でトースト十枚って、朝からそんなに食べるかい？」

足りないよりいいでしょ、と母親が口を尖らせた。それからしばらく、わたしたちは食べることに専念した。

「今日、予約が入ってるんでしょ？」

和美の問いに、キャンセルだってさ、と奏人がトーストを口に運んだ。

「助かったよ。旅館はどうしたって週末が忙しくなる。そういう仕事なのはわかってるけど、こんないい天気なんだ。たまにはみんなで出掛けないか？　そうだ、垂縁公園は？　弁当を作って、子供広場で食べよう。ちょっとしたピクニックだ」

作るのはあたしたちよ、と母親がわたしの手を取った。

「奏人もお父さんも、何もしないじゃない。思いつきでそんなこと……」

でも、とわたしは言った。

「楽しそうだなって……あたしが作るから、それでいいでしょ？」

手伝うよ、と奏人が指を鳴らした。

「和美、お前もだ。父さんと母さんは休んでてよ。準備はぼくたちがする。こんな日があってもいいだろ？」

お父さんがいいなら、と母親が微笑んだ。新聞を開いた父親が、みんなで行こうとうなずいた。

八章　レクイエム

1

それから一時間ほどかけて、わたしと奏人と和美、三人でお弁当を作った。

急に決まったことなので、冷蔵庫に入っていたありあわせの材料を使った簡単なおかず、そしてわたしが作った卵とキュウリのサンドイッチをタッパーに詰め、十一時半、五人で垂縁公園へ向かった。

数日前、和美と行ったので、場所はわかっていた。歩いて三十分、ちょうどいい距離だ。公園に着くと、柵の向こうに広い草っぱらと黒い地面が交互に続いていた。周りは鬱蒼《うっそう》とした林だ。

昼間は公園のゴールデンタイムで、子供を連れた母親や、散歩をするお年寄りが多いのではないかと思っていたが、見渡す限り人の姿はなかった。

染田町自体が公園みたいなものだからね、と奏人が言った。

「わざわざ行かなくてもって、みんな思ってるんだ。散歩だったら、その辺でできる。でも、たまには家族揃って来るのもいい。和美もそう思うだろ？」

いいい、たまにはね、と和美がわたしに目を向けた。

「お兄ちゃんがはしゃいじゃってごめんなさい。久しぶりだから、張り切ってるんです。あたしが小学生の頃は、うちだけじゃなくてよその家もしょっちゅうここに来てました。でも、町から人がどんどん離れていくと、そういう感じじゃなくなって……」

うちの両親は共働きだった、とわたしは言った。

「デパートの社員だった父と、教師をしていた母の休みが合わなくて、親とどこかへ遊びに行くとか、そんなこと一度もなかった。ピクニックなんて、生まれて初めて。すごく楽しいし、嬉しい。たぶん、奏人さんよりわたしの方が喜んでる」

空には雲ひとつなかった。吹く風が肌に心地いい。絵に描いたようなピクニック日和だ。

柵の中に入り、並んで歩くと、すぐ子供広場に着いた。古いシーソーとブランコがあり、砂場にブリキ製の鳥のオモチャが半分埋もれたままになっていた。

今日は風がいいわね、と母親が二枚の大きなビニールシートを敷いた。

「お父さん、手伝ってください。どうしていつも――」

わかったわかった、と父親がビニールシートの端を押さえ、落ちていた石を載せた。

「本当に秋らしくていい天気だ。風に吹かれてるだけでも気分がいい……こんな日も珍しいんじゃないか？」

行ないがいいからよ、と和美がビニールシートに座った。

「ずっと机に向かってばかりだったから、ちょっと歩いただけでも疲れちゃう。お母さん、水筒は？」

母親が背負っていたリュックサックからプラスチックの水筒を三個取り出し、ビニールシートの上に並べた。

わたしたちは思い思いの場所に座り、お茶を飲みながら話した。黙っていてもいいし、何もしなくてもいい。

言葉にしなくても、何を考えているのかお互いにわかる。不思議なぐらい空気が和んでいた。

朝食を取ってからそれほど時間は経っていないが、持ってきたサンドイッチ、鶏の空揚げ、ポテトサラダ、タコにしたウインナーがあっと言う間になくなった。

外だと美味しい、と父親が笑みを浮かべた。

「不思議なもんだな……違うぞ、母さん。家だと美味しくないとか、そんなことを言ってるわけじゃない」

そう聞こえました、と母親が口を尖らせた。わたしたちは顔を見合わせ、涙が出るほど笑った。

何かの回路が繋がり、わたしは笑いながら泣いていた。こんなに幸せだと感じたことはない。信じられないほど、何もかもが満たされていた。

澄香さん、と奏人が座り直した。

「よければ……ぼくたちと染田で暮らさないか？」

和美、母親、そして父親が笑みを浮かべ、わたしを見つめた。はい、とわたしは答えた。

和美がわたしの手を握り、何度かうなずいた。よかったよかった、と両親が笑顔になった。

ふと見ると、砂場のブリキのオモチャが動いていた。それは鳥だった。

五分ほど経つと、鳥が砂を羽から落とし、大空へ羽ばたいていった。一枚の青い羽がひらひらと落ちてきた。

2

夕方まで、垂縁公園で過ごした。日が陰ると風が冷たくなり、誰からともなく帰り支度を始めた。

楽しかったわね、と母親が言った。

「本当に幸せ……澄香さんのおかげよ、ありがとう」

祭りの後は寂しいな、と父親がビニールシートを畳んだ。

「ピクニックは祭りじゃないが、似たようなものだろう。だが、何にでも終わりがある。そろそろ帰ろう。雲行きが怪しくなってきた。雨が降りそうだ」

見上げると、黒い雲が空を流れていた。女心と秋の空、と奏人が笑った。

「染田は天気が変わりやすい土地だからね」

垂縁公園を出ると、ぽつりと雨粒が落ちてきた。

「いい勘だろ？」

自慢した父親に、わたしだってわかってましたよ、と母親が言った。山科荘へ戻った時には、細い雨が降り始めていた。

垂縁公園に置き忘れた水筒を取りに行った奏人が戻ってきた時には、雨が勢いを増し、玄関に飛び込んだ奏人の体から、雨の滴《しずく》がぽたぽたと落ちていた。

土砂降りだ、と母親が渡したタオルで奏人が頭を拭った。

「こんなに酷くなるとは思ってなかった。まだ五時前なのに、真っ暗だよ」

お風呂に入ってきなさい、と母親が二枚目のタオルを渡した。

「そのままだと風邪をひくわよ。お父さんはさっさと露天風呂に行きました。そういうところだけ早いのよ。どうしてああなのかしら？」

お母さんもご一緒に、と和美がおどけた顔を作った。

「お客さんもいないんだし、たまには夫婦水入らずでどうぞごゆっくり。あたしたちは後でいいから」

親をからかってどうするの、と母親がため息をついた。

「本当にもう……和美は澄香さんと露天風呂に行きなさい。急に寒くなってきたから、体を温めた方がいい。秋の雨は冷えるのよ」

和美が大きなくしゃみをした。昼間が暖かかったので、寒暖差が大きい。わたしもうっすら肌寒さを感じていた。

わたしたちはそれぞれの部屋に着替えを取りに行った。脱衣所に向かい、引き戸を開けると、和美が湯壺に浸かっていた。

何か変な感じがします、と掛け湯をしていたわたしに和美が声をかけた。そんなことない、とわたしは言った。

「作家と編集者が一緒に温泉に入ることもある。女同士なんだし……」

そうじゃなくて、と和美が首を振った。

「あたし、この露天風呂に入ったことがあんまりないんです。お客様用って両親に教えられてたので、何となく……家の内風呂もあるし、やっぱり家業だから、そこは線を引かないとって子供の頃から思ってました」

意外、とわたしは湯壺に体を沈め、手足を伸ばした。

「わたしだったら、毎日入ってたかも。だって温泉よ？　のんびりできるし、体にもいいでしよ?」

内風呂のお湯も温泉なんです、と和美が言った。

「それに、効能はちょっと怪しいかなって。血圧とかリューマチとか、何でも効くみたいに書いてありますけど、本当だったらもっとお客さんが来ると思うんです。でも、リラックス効果はあるのかな?」

和美がわたしを見つめた。

「さっき、子供広場で泣いてましたよね? 何かあったのかなって……あたしで良かったら、話を聞きます」

公園でも言ったけど、とわたしはお湯を指で弾いた。

「両親との思い出が本当にないの。こんなこと言うのは初めてだけど、両親の関係は良くなかった。ううん、はっきりと悪かった。わたしが二歳とか三歳の頃からずっとよ」

「どうしてそう思ったの?」

会話がなかった、とわたしは言った。

「両親はそれぞれ別の仕事をしていて、休みが違った。父はデパ地下の責任者で、お客さんが多い土日に出勤して、休みは不定期だった。母は教師だから、休みは土日ってはっきり決まっていた」

「だから会話がなかった?」

すれ違いが続いていたんだと思う、とわたしは目を伏せた。

「他にも理由があったのかもしれない。どっちにしても、家の中は冷えきっていた。子供でも、それぐらいわかる。休みが違っても、夜は一緒に過ごせるでしょ？　だけど、二人は話そうとしなかった」

「うん」

中学を卒業するまでマンション住まいだった、とわたしは言った。

「どこにでもある２ＬＤＫよ。広いわけじゃない。でも、母はリビング、父は寝室、そうやって分かれていた。見えないけど、二人の間には厚い壁があった。仲が悪い夫婦はどこにでもいるけど、あの二人は違った。嫌いとか、憎んでいるとか、そういうことじゃない。お互いに興味がなかったの。どうしてなのか、今もわからない。怖くて理由を聞けなかった」

「わかる気がする」

「二人はわたしにも無関心だった。育児放棄とか、叱られたり、叩かれたり、そんなこと一度もなかった。衣食住、同じクラスの子たちより恵まれていたと思う。お小遣いも多かった」

「うん」

「ただ、二人とも血が通っていないみたいで、他人の子供を預かっている、そんな感じだった。世話はするし、不自由のないようにケアする。でも、それ以上は何もしない」

次から次へと、わたしの口から言葉が吐き出されていった。

「小さい時から子供部屋があって、食事の時以外はそこで過ごした。テレビもコンポもビデオデッキも、何でも揃ってた。思い返すと、親子三人で話した記憶はない。二人ともわたしに向き合おうとしなかった。必要なことだけ言って、それで終わり」

「辛かった？」

和美がわたしの手を取った。ううん、とわたしは首を振った。

「そういうものだって思ってた。よそも同じだって……小学生の時って、友達が遊びに来たり、遊びに行ったり、そんなことがあるでしょ？　でも、うちはそれもなかった。何となく、誰も呼んじゃいけない、よその家に行っちゃいけない、そんな空気があったの」

「うん」

「母が教師だからだって、わたしは思ってた。公私のけじめをつけるつもりがあるんだろう、そういう仕事なんだ……子供だから、そこまできちんと考えてたわけじゃないけど」

「わかるよ」

「わたしは両親の顔色ばかり窺っていた。この人たちを怒らせてはいけない、だって、あっさりわたしを捨てられるから……先回りして、意に添わないことはしないように気をつけていた。友達とは学校だけで遊ぶ、家を行き来したりしない、それが普通だって刷り込まれていたのかもしれない」

でも、本当はおかしいってわかってた、とわたしは顔を両手で覆った。喉の奥に熱い塊がつかえ、涙がとめどなく頬を伝って流れ落ちた。

「わたしは両親と一緒にいたかった。三人で話したり、遊びたかった。毎週、遊園地や動物園に行きたい、そんなこと望んでいない。ただ、三人で近所を散歩したり、買い物に行ったり、それだけでよかったの」

「うん」

「だけど、あの二人はそれも拒んでいた。何か言われたわけじゃないけど、はっきり感じてた。実の親でなければ、それなりに納得がいったかもしれないけど、そういうことでもない。だから、わたしは自分の世界を作って、そこに閉じこもるしかなかった。本を読んだり、テレビを見たり……編集者になったのは、そのせいだと思う」

家にいるのが苦しかった、とわたしは言った。

「墓場に一人きりでいるようだった。家って、もっと温かいもののはず……愛し合う者同士が一緒に暮らせれば、他に何もいらないと思っていたの。わたしには付き合っている人がいて、やっと巡り合えたと思っていたけど、間違っていた。あの男はわたしを裏切って、若い女とつきあっていたの。だから、ああするしかなかった。でも、染田に来て、何もかもが変わった。奏人さんに会えて、救われた気がした。そして、あなたもご両親も、わたしを温かく迎えてくれた。本当の家族のように……」

家族だよ、と和美が言った。

「思い出は数え切れないし、兄もあたしも小さい頃から旅館の仕事を手伝ってた。ごはんだって何だって一緒だった。これからは五人になる。いいよね？」

そうね、とわたしは微笑んだ。和美も笑っていた。

3

わたしは自分の部屋に戻り、用意されていた白い浴衣に着替え、そのまま布団に潜り込んだ。数分も経たないうちに眠っていた。

手が肩に触れ、わたしは目を開けた。枕元の時計が深夜三時を指していた。

ごめんなさいね、と母親が低い声で言った。

「でも、今日なの」

はい、とわたしはうなずいた。今日だとわかっていた。

母親について廊下に出ると、お香の匂いがした。階段で二階に上がると、リビングのテーブルに座っていた和美が立ち上がり、無言で奥の間の扉を開けた。

そこは二十畳ほどの広い和室だった。中央に敷かれた布団に、奏人が横たわっていた。首から下に白い布が掛かっていた。

どこからか、低い男の声がいくつか重なって部屋に流れ込んでいた。一定の抑揚で唱えているのはお経だった。

奏人の枕元で正座していた父親が頭を下げた。母親と和美が布団の奥に回り、わたしは手前に座った。

奏人が亡くなったのは一年前の今日です、と父親が奏人の顔を白い布で覆った。

「あの日、いつものように四人で夕食を済ませ、しばらく話してからそれぞれが床につきました。朝起きると、奏人は息をしていませんでした。突然死だと言われました」

信じられなかった、と母親が両目を細い指で拭った。

「いいえ、今も信じてません。そんなこと、あるはずないって。奏人は元気だったのに……」

三十二歳でした、と父親が言った。

「申し訳ないことをした、と悔やんでいます。大学を卒業して、盛岡で働いていた奏人を呼び戻したのは三年前でした。私が床に伏すようになったからで、いずれは奏人も染田に戻ってくるつもりだったのは本当です。少し早くなっただけだ、私も妻も、奏人もそう思っていました。いいえ、思うようにしていたんです。本音では、奏人も盛岡での暮らしを続けたかったでしょう」

奏人にはお付き合いしていた人がいました、と母親が顔を伏せた。

「結婚の話も出ていたんです。でも、奏人が実家へ戻ることになって……わたしたちのわがままで、二人は別れたんです」

そんなことない、と和美が怒ったように言った。

「お兄ちゃんは染田が好きで、ここで暮らしたいって言ってた。だけど、彼女は来たくないって……お父さんやお母さんのせいじゃない」

奏人が帰ってきたのは三十の年でした、と母親が言った。

「染田は何もない町です。あの子も退屈だったでしょう、それでも、愚痴ひとつ言いませんでした。わたしたちはあの子に甘えていたんです。主人の体のこともあって、旅館の仕事はほとんど奏人がやってました。忙しいわけではありませんけど、お客さんがいればそれなりに時間を取られます。同じ学校の子たちは、ほとんどが都会に出て行きました。残ったのは何人かだけです。お嫁さんがいれば違ったんでしょうけど、そんな相手はいません」

せめて結婚させてやりたかった、と父親がため息をついた。

「ですが、悔やんでもどうにもなりません。葬儀を済ませ、墓に葬りました。墨跡寺で奏人が山科家の墓を案内したと思いますが、あそこに眠っています」

山科奏大、とわたしはつぶやいた。墓石の横に刻まれていた名前は奏人だった。後で横棒を加えたのだろう。

本当はあなたじゃなかった、と母親がわたしに目を向けた。

「由香子ちゃんのつもりでいたの。小さい頃、あの子は奏人のことが好きだったし、仲も良かった。紀子ちゃんと秋穂ちゃんはそれぞれお相手がいたけど、由香子ちゃんは独りだったから、お願いしようって思ってた。だけど……」

あたしも知らなかった、と和美が顔を伏せた。

「ユカが郵便局の先輩と付き合っていたなんて……恋人がいる人には頼めない。無理強いするようなことじゃないの」

どうして彼女は死んだんですと囁いたわたしに、何もかもわたしがいけなかったんです、と母親が言った。

「由香子さんに奏人のことをお願いに行ったのは、先週の土曜でした。前の日に電話を入れて、会う約束をしたんです。わたしはあの子に恋人がいるのを知りませんでした。由香子さんに断られて、言い争った記憶があります。気づくと、あの子は死んでいました。わたしが納屋に落ちていた紐で首を絞めたんです」

お母さんを一人で行かせるべきじゃなかった、と和美がため息をついた。

「帰ってきたお母さんが、由香子ちゃんを死なせてしまったと真っ青な顔で言ったの。わたしはすぐユカの家へ行った。納屋にあの子が横たわって、体が冷たくなっていた。もう死んでいて、どうすればいいのかわからないまま、ロープを首にかけて自殺に見せかけることにした。だから、ユカの死体を動かした跡が残っていたの」

馬鹿なことを、と父親が肩を落とした。

「妻が混乱したのはわかります。殺すつもりもなかったでしょう。口論があり、どちらかが手を出した。とっさにかっとなってしたことだとわたしは思いますが、やはり殺人です。警察に自首するべきだったのに、自殺に見せかけたのは間違っています。ですが、何をしてもあの子は戻ってきません」

わたしは間違っていました、と母親が言った。

「奏人の相手はあの子じゃなくて、あなただったの。それに気づかなくて、惨《むご》いことを……」

三人は無表情だった。しばらく沈黙が続いた。

最初から決まっていたことだったんでしょう、と父親がぽつりと言った。

「一周忌を終えてしまえば、もう間に合いません。仕方ない、と諦めていました。でも、あなたがここへ来ることになって……和美も、私たちも、いつ来てほしい、そんなことは言ってません。月曜に来ると決めたのはあなたです。奏人のために来てくれるとわかって、準備を始めました」

「準備?」

奏人のお骨《こつ》を垂縁公園の砂場に埋めたんです、と母親が言った。

「染田町のある場所に亡くなった者のお骨を埋めると、一週間だけ還《かえ》ってくる……天外宗の檀家なら、誰でも聞いたことがあるはずです。ただ、どこがその場所かはわかりません。平安時代からの言い伝えですから、地形も変わってますし、本気で信じていた者はいなかったと思います」

「どうして垂縁公園だとわかったんですか？」

勝矢助教授に聞けばわかるかもしれないと言ったのはあたしです、と和美が言った。

「箔大で講義を受けて、宗教史に詳しいのは知っていました。一年前に兄が亡くなって、すぐ青森へ行ったんです。あまりにも突然過ぎて、兄の死を認めたくなかったし、母が泣いてばかりで、後を追うんじゃないかと不安になったためもあります。古文書や天外宗の教義、そして染田の地形から、垂縁公園の砂場の丑寅の一角だろう、と先生はおっしゃっていました。もうひとつ、その古文書に、死後一年以内、一度だけしかできないと書いてあったので、それを両親に伝えると、すぐにでもと母は言いましたけど、父が反対して……」

妻も和美も冷静ではありませんでした、と父親が鼻をこすった。

「伝承は私も知っていましたが、平安の頃の話です。死者の蘇生《そせい》など、起こるはずもありません。もし蘇《よみがえ》ったとしても、一週間後には灰に戻るんです。息子を失う辛さは、親にしかわかりません。二度もあの苦しみを味わいたいのか、そう妻に言いました。ただ会いたい、話がしたい、触れたい……それだけでは家族四人が辛くなるだけでしょう」

主人の言う通りです、と母親がうなずいた。

「大学の先生も、絶対ではないとおっしゃっていたそうです。奏人に会いたいと願ってましたけど、うまくいかなければ失望するだけです。駄目だった時のことを考えると、怖くてできませんでした」

「それで?」

聞かなかったことにしました、と父親が言った。

「死んだ者が還ってくるはずもありませんし、もう一度逝ってしまえば、残るのは絶望だけです。だから、三人とも口にしませんでした。家族でなければ、奏人の姿は見えません。それでいいのかと思ったこともあります。でも、忘れたわけではありません。ひと月ほど前、誰が言い出したのか、奏人と会いたい、そんな話になりました。一年以内と決まっていますから、過ぎてしまえばどうにもなりません」

「はい」

「ただ、踏ん切りがつかなくて……繰り返すようですが、私は反対でした。還ってきても、一週間後には別れなければならないんです。奏人とは心の中で話せばいい、蘇ればかえって未練が残ると思っていたんです。ただ、私には悔いがありました。奏人に妻がいれば、寂しくなかっただろうと……」

伝承には続きがあります、と和美がわたしを見つめた。

「蘇った者と結ばれた者は、一緒にこの世を去ることになる……冥婚《めいこん》というそうです。ユカなら、とあたしは思っていました。ユカはずっと兄を好きでしたし、兄が盛岡へ行ってからも、想い続けていたのを知っていたからです。あの子が恋人を作らなかったのは、兄のためでした」

「そうだったの」

「もう一度だけ兄と会いたいと泣く母、兄に寂しい想いをさせたくないという父……それはあたしも同じで、兄と結婚してほしいとユカに頼むことにしました。だけど、あの子には恋人がいて……ユカではなく、春川さんだと気づいたのはその後です。だから、わたしと母で、土曜の夜中に兄のお骨を垂縁公園の砂場に埋めました」

あなたも見たでしょう、と父親が言った。

「埋まっていた鳥が羽ばたいていったのを……あの砂場には、死者を蘇らせる力があるんです」

ブリキのオモチャに見えたのは、骨と羽だけになっていたからで、あれは本物の鳥だった。死んだ鳥が生き返ったのは、超自然的な力によるものだろう。

日曜の朝、奏人が帰ってきました、と母親が顔を両手で覆った。

奏人さんは死者だったんですね、とわたしはうなずいた。

染田に来てからのことが、頭の中でフラッシュバックした。古田を送りに駅まで行った後、わたしは奏人と山科荘のワゴンでしばらく走った。民家から出てきた主婦がじっとわたしを見つめていた。

あの主婦には、奏人が見えていなかった。ハンドルを握ったまま、一人で喋っているわたしに驚いたのだろう。

それは銀川市のカフェのマスターも同じだ。一人で店に入り、水のグラスをテーブルに二つ置き、二人分のランチを注文したわたしを、奇妙に思ったに違いない。

ワゴン車のダッシュボードに家族写真を貼っていたのも、普通では考えられない。それだけの思い入れがあったのだろう。

古田も奏人を見ていない。写真を見て、その印象を話していただけだった。

そして、わたしは思い出していた。染田に来る前日の夜。

わたしの手に握られていた包丁。開けた重いドア。振り返った男。

そこから記憶は飛んでいる。覚えているのは、鏡に映っていた男を見下ろすわたしの姿だ。わたしも男も、全身が赤く染まっていた。それからのことは、何も覚えていない。

春川さんと古田編集長の部屋に封筒を置いたのはあたしです、と和美が言った。

「兄のお嫁さんになるのは春川さんだと思っていました。けど、それは思い込みかもしれません。春川さんが来るのが偶然だったら……確かめるために、封筒を置いたんです」

赤い封筒と囁いたわたしに、これです、と和美が封筒を畳に置いた。美しい赤が目に映った。

「見る人によって、色が変わります。古田編集長にはただの封筒にしか見えませんでした。でも、兄のお嫁さんになる人には赤い封筒に見えるんです。春川さんが赤い封筒の話をしていた、と母が話してました。だから、春川さんがうちへ嫁ぐために来たのがわかったんです」

私は反対でした、と父親が眉間を指で揉んだ。

「一週間、もう一度だけでも、奏人が戻ってくるなら……息子と話したいと願うのは、親なら誰でもそうでしょう。そして、由香子さんが望むなら、嫁に来てもらおう、という気持ちもありました。ですが、春川さんとは会ったこともありません。そんな他人を巻き込んでいいのか、と妻と和美に話しました。感情に流されてすることではないでしょう」

「はい」

「でも、二人は何を言っても聞こうとしなかった。私にできるのは、警告だけです。あなたが染田を去れば、何もなかったことになります。奏人が寂しい想いをしてもいいのかと妻に責められましたが、それも運命でしょう」

帰りなさい、東京に戻りなさい、と伝えるつもりでした、と父親が言った。

「ですが、体調が悪いため、立ち上がるのもままなりません。どうしようもないまま、ただ念じていると、あなたのそばにいました。あなたが見たのは、私の念です。信じられないでしょうね」

私だって信じてはいませんせん、と父親が苦笑した。

「それでも、あなたは私の声を聞き、私の姿を見た。帰りなさいと言いたかったんですが、うまく言葉にならなくて……」

ナサイ、と父親は何度も繰り返していた。あれは帰りなさいという意味だった。

「でも……あなたも奏人のもとに嫁ぎたかった。そうでしょう？」

母親が笑みを浮かべた。お経の声が高くなった。

4

願っていなければここへは来なかったはずです、と母親がわたしを見つめた。眼差しが優しかった。

「あなたが願っていたのは、別のことだとわかっています。あなたは罪を償わなければならなかった。そうでしょう?」

違います、とわたしは強く首を振った。

「償うべきはあの男で、わたしではありません」

止めなさい、と父親が母親を手で制した。

「そんなこと、どうでもいいだろう……あなたが絶望していたのはわかっていました。そうでなければ、染田には来ません。ずっと前から、この町に来るのはすべてに絶望した者だけなんです。和美への挨拶のために染田に来た、とあなたは話していました。私は編集者の仕事について何も知りませんが、そういうこともあるんでしょうね」

礼儀ですし、習慣でもあります、とわたしは言った。

「信頼関係が大事な仕事です。初めて仕事をする作家とは、直接お会いした方がスムーズになります」

東京からだと染田は遠かったでしょう、と父親が小さく笑った。

「来て、会って、すぐ帰る、そういうわけにいかないのはわかります。和美と話し、一緒に食事をすれば、関係性が深くなります。編集者だけじゃなく、どんな仕事でも同じでしょう」

「はい」

「うちは旅館ですから、泊まることにしたのは当然です。ただ、挨拶のためなら、一泊でもよかったのでは？　ラストを決めるため、とあなたは話してましたが、電話やメールでもできたはずです。口実を作って染田に留まったのは、東京に戻りたくなかったからですね？」

そうです、とわたしはうなずいた。頬をひと筋の涙が伝った。

「なぜわたしが東京へ戻りたくなかったか、知ってるんですか？」

察することはできます、と父親が答えた。

「あなたが苦しみ、怒り、悲しんでいたこともです。そうでなければ、奏人と心を通い合わせることはできなかったでしょう。だから、奏人のもとに嫁いでもらおうと心を決めました。すると、憑《つ》き物が落ちたように、体が楽になりました。この二日、どれだけ幸せだったか……あなたのおかげです」

奏人は優しい子です、と母親が言った。

「あなたを許し、受け入れてくれます。あなたが求めていたのはそれでしょう？」

わたしはうなずいた。どこかで鈴の音が鳴り、窓から入ってきた風が奏人の顔の上にあった白い布をはぐった。

髑髏がそこにあった。

目のない穴がわたしを見つめている。はっきりと視線を感じた。温かい何かがわたしの中に溢れていった。

白い布を戻した母親が両手を合わせ、あなたがうちに来てから、と言った。

「わたしは奏人のお嫁さんだと思って接してきました。あなたが辛く苦しい道を歩んできたのを、わたしたちは知っています。あなたは誰のことも信じられないまま、長い間苦しんできた。でもね、わたしたちのことは信じていいの。だって、家族なんだから」

奏人さんは、とわたしは三人の顔を順に見た。

「わたしのことを愛してくれるでしょうか？」

答えがいりますか、と父親が微笑んだ。ありがとうございます、とわたしは頭を下げた。

奏人はわたしを愛している。わたしも彼を愛している。

わたしが着ている白い浴衣は花嫁衣装であり、経帷子《きょうかたびら》だった。愛する者と永遠の刻を過ごす。それ以上の幸せはない。

わたしは奏人に寄り添った。白い布の陰で、奏人が顔を向けた。美しい顔だった。

「ぼくでいいのかい？」

あなたしかいない、とうなずいたわたしの手を奏人が握った。温かい手だった。

目を閉じた。わたしの首に、細い指が食い込んだ。

幸せになってね、と和美が囁いた。そして、何も聞こえなくなった。

5

失礼、と座っていた年配の男に手で断って、古田は会議室の電話の受話器を耳に当てた。岩手県警の小貫です、とくぐもった声がした。

「連絡いただいた件ですが、山科荘へ行って確認を取りました。二日前、月曜の昼に春川さんは山科荘を出ています。車で染田駅へ送った、と母親が話してました。娘の和美さんも一緒だったそうです。十二時半の銀嶺鉄道に乗ったようですね」

春川と連絡が取れません、と古田は受話器を手で覆った。

「彼女は月曜の夕方に出社するはずでした。十二時半の銀嶺鉄道に乗ったとすれば、染田駅から銀嶺鉄道でいわて沼宮内駅まで一時間ちょっと、新幹線が東京駅に着くのはその二時間半後、遅くても五時過ぎには出社できたんです」

「はい」

仕事が重なって編集部が大変なのは春川もわかっていました、と古田は言った。

「本当は金曜中に戻ることになっていたんですが、本人の希望もあって、月曜まで延ばしたんです。必ず戻る、と彼女は言ってましたが、月曜の夜になっても出社しませんでした。何度か電話を入れましたが、電源が切れてるのか、留守電に繋がるだけです。どうなってるんだと――」

「和美さんに聞きましたが、春川さんは疲れていたようです、と小貫が言った。

「ご存じかどうか、染田町で事件がありましてね。和美さんの親友が自殺したんです」

「ニュースで見た気がします」

山科荘へ行き、事情を聞きました、と小貫が空咳をした。

「自殺は不審死なので、交番があるだけの染田では捜査ができません。県警が動くしかないんです。その時、春川さんと会いましたが、確かに顔色が悪かったですね。風邪でもひいていたのでは?」

「だから何だって言うんです?」

一週間、山科荘で原稿を待っていたと聞きました、と小貫が言った。

「気疲れもあったでしょう。五時間近くかけて東京に戻ったが、体調不良で仕事にならないと考え、出社しなかった。三十歳と伺いましたが、そこは自己判断でしょう」

騒ぐような話ではない、と小貫は考えているようだ。のんびりとした声音に、古田は舌打ちをした。

「しかし、電話の一本ぐらい入れることはできたはずです。一日来なかったぐらいで、だから何だと言うんですとあなたが思うのはわかりますよ。ですが、火曜も連絡が取れなかったので、夕方、総務に相談しました。その日の夜、総務課長が春川のマンションに行ったんですが、鍵がかかっていて、人の気配はなかったと聞いています。あなたに連絡したのは、春川が染田を出たか確認してほしいと総務課長に言われたからです」

「わかってます」

今朝、警察に捜索願いを出しました、と古田は言った。

「何があったのか……」

そう言われても、と小貫が空咳をした。

「春川さんを染田駅まで送った、と山科親子は話しています。山科荘のワゴン車が駅前に停まっていたのは確かで、見た者が数人います。彼らが嘘をつく理由なんてありませんよ」

「染田駅の駅員は？　調べたんですか？」

染田は無人駅です、と小貫が言った。

「駅員はいません。ついでに言えば、防犯カメラもありません。心配なのはわかりますし、私なりに調べましたが、月曜の十二時半に春川さんが銀嶺鉄道に乗ったのは間違いありません。後は、新幹線いわて宮内駅の防犯カメラを調べるしか手は残ってませんが、そこまでの権限はないんです。警視庁に相談してはどうです？」

そのつもりです、と古田は電話を切った。大丈夫ですか、と作家の沢里裕二郎《ゆうじろう》が口髭についたアイスコーヒーの滴を指で拭った。

有名私立大学の准教授を務めている沢里がデビューしたのは十年前だ。専門は古代史だが、日本史全般に詳しい。

その知識を生かした時代小説がヒットし、麻視出版をはじめ、いくつかの出版社で人気シリーズを書いている。

それまで古代史関連の新書を数冊出していた沢里に、時代小説を書いてみてはどうかと勧めたのは古田だった。大学の准教授だから知識は豊富だし、筆力もある。

時代考証がしっかりしていることもあり、沢里の時代小説は好評で、その後も続けて書くようになった。

義理堅い性格で、古田さんのおかげです、と月に一度手土産を持って麻視出版へ挨拶に来る。『横町侍漫遊記』が軌道に乗ると、担当を塚本に引き継いだが、年齢が近いこともあり、お茶を飲みながら二人で話すのが習慣になっていた。

「すいません、ちょっとゴタゴタしてまして」

座り直した古田に、塚本さんから聞きました、と沢里が狆《ちん》に似た顔を手でこすった。

「深町先生、大変なことになったそうですね」

作家の深町宗一郎《そういちろう》の惨殺死体が池袋のマンションで発見されたのは、昨日の夜だった。

テレビではまだニュースになっていないが、時間の問題だろう。間に合えば、夕刊にも載るはずだ。

参りましたよ、と古田は頭を抱えた。

「出せばベストセラーの人気作家です。うちの連載もまだ途中だし、他の出版社でも騒ぎになってます。うちの担当は亀井女史ですが、朝六時に警察から電話がかかってきたと話してました。深町さんの自宅は南青山、オフィスは銀座、軽井沢とハワイに別荘を持っています。それは私も知ってましたが、池袋のマンションは聞いたことがなくて……」

今朝早く、亀井から電話があったが、深町が殺害されたのは一週間ほど前で、異臭がすると住人が管理会社に連絡したのは昨日の午後だった。

夜遅く、管理会社の社員が鍵を開け、深町の死体を発見し、警察に通報していた。

警察が亀井に連絡を入れたのは、深町の携帯に亀井の番号が登録されていたためだ。見分けがつかないほど顔の傷が酷かったために、身元確認の要請があったという。

池袋のマンションに着いたのは、深町の妻とほぼ同時で、二人で死体を見ることになった、と亀井から古田は聞いていた。

「深町先生といえば、銀座の帝王でしょう？」

沢里の問いに、古田はうなずいた。最近では少なくなったが、古き良き伝統を守っている作家の一人だ。

「池袋のイメージはありません。何のために借りてたんですかね？」

コレ絡みでしょう、と古田は小指を立てた。

「死んだ人の悪口は言いたくありませんが、女にだらしなかったですからね。十年ぐらい前かな？　銀座のバーで飲んでいた時、深町さんが他社の女性編集者を口説いて、ホテルに連れ込もうとしたんです。何しろベストセラー作家ですから、角の立つ断り方はできません。まだ若い女性編集者で、顔が真っ青になっていましたよ。躱《かわ》し方がわからなかったんでしょう」

「なるほど」

「余計なお世話ですが、私が止めました。いいかげんにしましょう、そんなことを言った覚えもあります。それで揉めて、担当を外されました。表向きは別の理由ですがね。正直言って、嫌な人でしたよ」

沢里は今も私立大学の准教授だ。そのため、他の作家との付き合いはない。深町の悪口を言っても、漏れることはないとわかっていた。

「一時は、どこの社も女性編集者を担当につけなかったぐらいです。ただ、それはそれで不機嫌になるんでね……背も高いし、男前です。銀座のクラブには深町ファンのホステスが山のようにいましたが、あの人のターゲットは若い女性編集者だけでしたね」

「そうですか」

「うちは亀井をつけてますが、深町さんは二十代の女性しか狙いませんから、手を出したりしません。亀井みたいなはっきりした物言いをする女性が苦手、ということもあります。深町さんも無茶は言いませんよ」

コレ絡みってことは、と沢里が声を低くした。

「愛人に殺されたんですかね？」

そうだと思いますよ、と古田は言った。

「深町さんの死体ですが、惨かったようです。刺し傷が無数にあって、顔がミンチみたいになっていたと聞きました。よほど強い恨みがあったんでしょう。ワンナイトの浮気なら、そこまでしませんよ。付き合いの深い愛人ってことになります」

しかし、池袋のマンションというのがわかりません、と古田は首を傾げた。

「金はいくらでもある人です。五つ星のホテルに、愛人の編集者を呼べばいいじゃないですか。浮気性は病気で、奥さんも諦めていました。妻と数人の愛人が食事会を開いたり、家族同然の付き合いだった、そんな話もあります。恨むも何もないでしょう」

本気の愛人がいたんじゃないですか、と沢里が言った。

「他の愛人とは違い、その女のためだけに部屋を借りていた……それなら筋が通るでしょう？」

考えにくいですね、と古田は腕を組んだ。

「深町さんは女性編集者にこだわりがありました。大学を中退してるんで、コンプレックスがあったんでしょう。若くないと駄目っていうのも、学生時代にトラウマになるようなことがあったからだと思いますね。ただ、出版社もそれはわかってますから、若手の女性編集者は絶対につけません。深町さんはパーティ嫌いですから、女性編集者と話す機会がないんです。正面玄関も裏門も閉じていたってことです。この何年かは、新しい愛人の噂を聞いてません」

「一、二度お見かけしたことがありますが」

文潮舎《ぶんちょうしゃ》の新人賞でしょう、と古田は言った。

「ずっと審査員を務めてましたからね。パーティ嫌いといっても、あれだけは顔を出さざるを得ません。しかし、六年前に辞退してますからね。それとも、相手は編集者じゃなかったのかな？」

さあ、と沢里が肩をすくめた時、会議室の電話が鳴った。亀井です、と低い声がした。

「深町先生の件が、テレビジャパンの番組で取り上げられてます」

古田はリモコンを会議室のテレビに向けた。〝作家の深町宗一郎氏、マンションで殺害〟とテロップが流れていた。

『速報です。昨夜遅く、作家の深町宗一郎さんの遺体が池袋のマンションで発見され、警察の現場検証により、殺害されていたことが判明しました。深町さんはドラマ化された〝三日月の刑事〟〝特務警察シリーズ〟で知られ――』

大騒ぎだな、と受話器に向かって囁くと、何とかしてください、と亀井が固い声で言った。

「警察から何度も電話が入っています。わたしも参考人として呼ばれることになりそうです……それと、明日の午前中を空けてもらえますか？　深町先生の奥さんが社に来ます。編集長と話したいそうです」

「何でおれなんだ？　担当はお前だろ？」

亀井が通話を切った。面倒事ばかり押し付けられますとぼやいた古田に、次の連載ですが、と沢里が口を開いた。

塚本から聞いてます、と古田はうなずいた。

「一度チャンバラから離れて、陰陽道をテーマにしたいそうですね。いいと思いますよ。沢里さんの専門ですからね」

最終的には陰陽道に繋がりますが、と沢里が言った。

「私の専門は古代史なので、古代宗教と絡めようと思ってます。神道、仏教の前に異教があったのは知ってますか？」

さあ、と肩をすくめた古田に、神道は日本の土俗宗教、仏教は中国伝来の宗教です、と沢里がプロットを元に説明を始めた。

「その異教は尼曾道教といって、台湾から現在の博多に降りてきたと伝承が残っています。異教と言いましたが、オカルティックな宗教だったようで、超常能力者集団と考えるとわかりやすいでしょう。宗教にはオカルトが付き物で、キリストだって釈迦《しゃか》だって、海を歩いたり病人を治したり、いろいろやってますよ」

「そうですね」

「尼曾道教の教祖は強い能力を持ち、蘇らせた死者を兵士にして、一時は北九州一帯を支配していました」

「蘇らせた死者を兵士に？　無敵の軍隊じゃないですか。北九州と言わず、九州、関西を領土にしてもおかしくないのでは？」

蘇った死者は一週間後に再び死ぬんです、と沢里が言った。

「ですから、長くは戦えません。それもあって朝廷に討伐され、近畿地方から東北に逃げています。安倍清明《あべのせいめい》と接点ができたのは近畿にいた頃で、式神《しきがみ》の原型はその頃生まれたようです」

「それで？」

最後は青森の恐山に籠もり、教義を広めていました、と沢里が言った。

「いわゆるイタコ、死者の口寄せですが、あれも尼曾道教の影響があったようです。ただ、教祖が死ぬと、一気に勢力が衰えました。死者を蘇らせる力を持つのは、教祖だけだったんです。教祖の子孫ですが、土葬された死体ではなく、殺害した死体の復活を試みた、と記録が残っています。死後ひと月の死体より、さっきまで生きていた死体の方が蘇らせやすい……そういう理屈でしょう」

無茶な理屈ですねとぼやいた古田に、大昔の話ですよ、と沢里が笑った。

「最後は土地の豪族に滅ぼされましたが、殺害された者の霊を弔うための草民祭という奇祭や、死者と形だけ婚姻させる冥婚など、独特な風習が今も残っているようです。安倍清明がその異教集団と戦う……そんな話を考えてるんですが」

期待しています、と古田は言った。悪くない構想だが、スケールが大きすぎるかもしれない。もう少しコンパクトにまとめるべきだと思ったが、それは言わなかった。

6

麻視出版のエントランス前で待っていたタクシーに、深町の妻が乗り込んだ。古田と亀井が揃って頭を下げると、タクシーが走りだした。

エレベーターで三階に上がり、会議室に入るまで古田は何も言わなかった。亀井も同じだ。会議室の椅子に座り、古田は額から垂れた汗を拭い、本当なのか、とドアを閉めた亀井に囁いた。

「春川澄香が夫を殺したと奥さんは話してたが……」

六年前から、春川さんは深町先生と不倫していたそうです、と亀井がうなずいた。

「池袋のマンションは春川さんとの密会用で、彼女が通っていたのも知っていたと言ってましたね」

何かの間違いじゃないか、と古田は首を捻った。

「そもそも、春ちゃんと深町さんの接点はなんだ？」

「深町さんの女癖の悪さは、今に始まったことじゃない。だから、春ちゃんと会わせなかった。取扱い注意の女性作家もそうだが、慣れるまでは面倒な作家の担当をさせない。トラブルになるだけだからな」

「言い過ぎです」

話が逸れたが、と古田は足を組んだ。

「おれが知ってる限り、春ちゃんは深町さんと会っていない。どうやって不倫関係になったんだ？」

二カ月前に気づいたと奥さんは話してました、と亀井が椅子を寄せた。

「わたしは奥さんとも親しくしてますけど、落合の浮気は治らない病気だから、といつも言ってました」

「落合？」

深町先生の本名です、と亀井が言った。

「諦めていたというか、呆れてたんでしょう。奥さんと愛人の他社の女性編集者の三人で食事をしたことがありますが、深町先生の悪口で盛り上がっていました。奥さんもそうですけど、割り切った付き合いだったんです」

「春ちゃんは違った？」

深町先生が愛人と会うのは都内のホテルか別荘です、と亀井が言った。

「そのためにマンションを借りたなんて、聞いたことがありません。本当だとすれば、春川さんだけを特別扱いしていたことになります。奥さんも許せなかったでしょう。ひと月ほど前、春川さんと直接会って、手を引くように言ったそうですが……」

手を引くのは奥さんの方ですと春ちゃんは答えた、と古田は頭の後ろで手を組んだ。

「彼は奥さんと別れると言ってる、結婚の約束もした、彼が愛しているのはわたしなんです……深町さんが何を言ったかは想像がつく。その場しのぎの嘘をついて、結論を引き延ばし、そして最後は妻のもとに戻る。男はみんな同じだ。世の中はそうやって廻ってる。わからないのは春ちゃんだ。そんな言葉を鵜呑《うの》みにしたのか？」

これは想像ですけど、と亀井が言った。

「六年前、春川さんは深町先生と文潮舎のパーティで会い、その後不倫関係になったのでは？深町先生があのマンションを借りていたのは、池袋の反社組織の実録小説を書くためで、知っているのは文潮舎の編集者だけでした」

「なるほどな」

「春川さんは深町先生の身の回りの世話をするために、池袋のマンションに通っていたんでしょう。小説だけは真面目に書く人ですから、愛人用のマンションなんてあり得ません。そこは奥さんの誤解だと思います」

「それで？」

どの時点でかはわかりませんが、と亀井が声を低くした。

「春川さんは結婚を考えるようになった。でも、深町先生はそういう人じゃありません。奥さんと別れて結婚するつもりなんてなかったし、考えもしなかったでしょう。春川さんのことは、よく働く家政婦だ、ぐらいに思っていたはずです」

「酷い男だな」

「一週間ほど前、春川さんは深町先生に結婚話を切り出した」限界だったんでしょう、と亀井が長い息を吐いた。「でも、そんなことは考えてないとか、もっと残酷な何か、例えば別の愛人ができたと言われたのか……彼女にとっては裏切りで、許すことができなかった。だから、殺したんです。刑事に聞きましたが、深町先生が死んでからも、犯人はずっとナイフで顔を切り刻んでいたようです。まともな精神状態ではできません」

待ってくれ、と古田は両手を挙げた。

「それは春ちゃんが犯人だとすればって話だろ？　信じられんよ。春ちゃんは不倫するようなタイプじゃない。それに、事件の翌日も出社して、会議に出ていた。おかしな様子はなかったんだ」

会議が終わると、おれと岩手へ行った、と古田は言った。

「ずっと一緒にいたんだ。妙な感じがすれば気づくさ。だいたい、深町さんとは二十三歳も離れてる。深町さんはいいとしても、春ちゃんはどうなんだ？」

彼女は年上好きでした、と亀井が目を伏せた。

「女同士だと、わかることがあります。編集長は気づかなかったかもしれませんが……」

山科和美の原稿を待って、田舎のひなびた温泉宿に泊まっていた、と古田は顔に手を当てた。

「東京に戻ってからも、おれは春ちゃんと電話で話している。いつもと変わらなかったぞ？

亀井女史の考え過ぎじゃないか？」

「それなら、どうして春川さんは出社しないんです？　昨日の夜、総務の目黒《めぐろ》課長が春川さんのマンションへ行ってますが、春川さんが戻った感じはしなかったと話していました。姿を消してるんです。怪しいと思わない方がおかしいでしょう？」

そこを突かれると弱い、と古田はため息をついた。

「だが、岩手県警の刑事の話だと、春ちゃんは東京に戻るため、ローカル線に乗ったそうだ。おれは彼女が事件か事故に巻き込まれたんじゃないかと思ってる。深町さんの奥さんの話も、かなり一方的だった。春ちゃんと会った、池袋のマンションに通ってたのを見た、そんなことを喚《わめ》いていたが、証拠はないんだ。おれの管理責任だと詰《なじ》り、春川が夫を殺したと警察に話すと捨て台詞《ぜりふ》を残して出て行ったが、どこまで調べられるかな？　昨夜のニュースでは、不審者は見ていないと池袋のマンションの住人が話していた。防犯カメラもないんだろ？」

「奥さんの話は事実だと思います」

「なぜだ？」

春川さんの携帯番号を知っていたからです、と亀井が男のように腕を組んだ。

「担当でもない編集者の番号を、どうして奥さんが知ってるんです？」

「逆に聞きたいが、どうやって知ったんだ？」

深町先生の携帯の着信履歴でしょう、と亀井が言った。

「履歴をいちいち消すほど、深町先生はまめじゃありません。浮気も愛人も奥さん公認です。春川さんもその一人で、隠そうとも思わなかったでしょう。ただ、奥さんは春川さんに他の愛人とは違う何かを感じていた……女の勘が鋭いのは、編集長も知ってますよね？」

「じゃあ、春ちゃんはどこにいる？　逃げたってことか？」

参ったな、とつぶやいた古田の胸ポケットで着信音が鳴った。菰田やけど、と粘っこい声がした。

「受付に山科センセイが来てるで。古田編集長に会いたい言うとるそうや」

菰田が電話を切った。亀井、と古田は手招きした。

「受付に山科和美が来ている。ここへ案内してくれ」

うなずいた亀井が会議室を出て行った。お茶も頼む、と古田はその背中に声をかけた。

※　※　※

いきなりですいません、と頭を下げた和美に、お座りください、と古田は椅子を勧めた。湯呑み茶碗をテーブルに載せた亀井が下がっていった。

「原稿ができたので、春川さんに読んでもらおうと思ったんです」

和美がトートバッグから大判の封筒を取り出した。封をしていないので、二百枚ほどのプリントアウトが見えた。

「でも、春川さんは休んでいるそうですね。それで、古田編集長にお渡ししておこうと……」

お預かりします、と古田は封筒を引き寄せた。

「その節はお世話になりました。お礼の手紙を出そうと思ってたんです」

とんでもありません、と慌てたように和美が手を振った。

「お客様をおもてなしするのは当たり前です。結局、編集長と春川さんが最後のお客様になりましたけど」

「最後の？」

父が花巻の病院に入院することになって、と和美が顔を伏せた。

「うちも花巻に引っ越します。やっぱり染田は不便ですし、前から考えていたんです」

ずいぶん急ですね、と古田は言った。

「しかし、こちらとしてはありがたい話です。染田はいい町ですが、東京からだと簡単に行き来できません。直接会って話した方が、仕事もしやすくなります。今後、山科さんは他社ともお仕事をされると思いますが――」

いいえ、と和美が首を振った。

「そのつもりはありません。わたしを見つけてくれたのは春川さんで、これからも春川さんと二人で小説を作っていきたいと思っています」

春川ですが、と古田は湯呑みに手を掛けた。

「しばらく休むことになるでしょう。プライベートな事情なので詳しいことはお話しできませんが、退社するかもしれません。その時は担当を替えることになりますが……」

そうなんですか、と和美が首を傾げた。

「月曜の昼、染田の駅まで春川さんをお送りしました。次の小説のテーマや、今度はいつ会えるのか、そんな話をしましたけど、退社のことは聞いてません。体調でも崩されたんですか?」

プライベートですので、とだけ古田は言った。わかりました、と表情のない声で言った和美が席を立った。

「用事があるので、これで帰ります。次の小説の構想が決まったら連絡します」

頭を下げた和美に、玄関までお送りしましょう、と古田は会議室のドアを開けた。エレベーターのボタンを押すと、すぐに扉が開いた。

「お父様の体調はいかがですか？」

エレベーターがゆっくりと降り始めた。返事はなかった。

そのままエントランスに出た。お母様とお兄様にくれぐれもよろしくお伝えください、と古田は言った。

兄は亡くなりました、と和美が古田を見つめた。

「一年前です。先日、一周忌法要を終えたばかりです」

悪い冗談です、と古田は頭を掻いた。

「あなたが染田の駅まで迎えに来た時、ダッシュボードの写真を見ました。伺う前日に撮ったんですよね？」

勘違いです、と和美が言った。どこを見ているのか、古田にはわからなかった。

「失礼します」

和美が横断歩道を渡った。小さな背中に目をやり、古田は会議室に戻った。

（山科荘に兄はいたはずだ）

声も聞いた、と古田はうなずいた。部屋の外で母親と話していた男の声に、兄ですと和美が言ったのを覚えていた。

待て、と古田は顎に指を掛けた。よく考えると、奏人の姿は見ていない。

(尼曾道教)

アマソト、と沢里は言っていた。それが当て字だとしたら。

アマは天、ソトは外。尼曾道教とは、天外宗だったのかもしれない。

そして、山科家、あるいは染田町に住む者が天外宗の信者だったとすれば、どうなるだろう。

尼曾道教は異能者による宗教の宗派で、教祖には死者を蘇らせる力があった。山科和美は青森の箔山大学を卒業している。その時に尼曾道教のことを知り、異能を身につけたのか。

馬鹿馬鹿しい、と古田は首を振った。そんなオカルトじみた話があるはずもない。

『蘇った死者は、一週間後に再び死ぬんです』

沢里の言葉が脳裏を過ぎった。和美、あるいは両親が天外宗、つまり尼曾道教の信者であれば、何らかの手段で奏人を蘇らせたと考えることはできる。

(だが、何のために?)

冥婚、と沢里は話していたが、古田もその風習は知っていた。若くして亡くなり、結婚できなかった子供を憐《あわ》れんだ親が木の枝に赤い封筒を結び付け、それを拾った者を殺して子供の墓に入れ、二人を夫婦として埋葬する。

台湾の風習だが、封筒を拾った者を殺したのは遥か昔の話だ。いつの頃からか、人形や肖像画を柩《ひつぎ》に収めるようになった、と聞いたことがあった。

今も青森県、山形県などでは未婚の死者の結婚式の絵馬を寺に収めるムカサリ絵馬が伝わっている。

深町殺しの犯人が春川だとすれば、と古田は額に強く指を押し当てた。単なる殺人ではなく、愛憎の果てに殺したことになる。

春川の性格はわかっていた。真面目で、熱心な編集者だ。すべてを懸けて作家を支えていた。それだけに、苦しかっただろう。他人を信じることができない春川の不安定さは、古田も気になっていた。

もう少し気楽に構えてもいいんじゃないかと話したこともあるが、性格は変わらないものだ。

溜まっていた鬱憤に火がつき、衝動的に深町を殺した。我に返った時、どれだけ後悔したか。春川は死にたかったのではないか。

深町殺しは春川にとって自己防衛だった。和美とその両親は春川の心の叫びを聞いた。

一年前に亡くなった奏人に添わせることが、春川の魂を救済すると考えたのかもしれない。

下らん想像だ、と古田は頭を振った。天外宗と尼曾道教が同じなのか、それさえわかっていないのに。

古田は大判の封筒から原稿のプリントアウトを引き出した。〝オージナリー・ピーポー〟というタイトルに赤の二重線が引かれ、〝レクイエム〟とボールペンで記されていた。

(春川のための小説か)

古田は煙草をくわえた。和美、そして父親と母親は返すことのできない恩を春川から受けた。東京へ来て、この原稿を置いていったのは贖罪《しょくざい》のためだ。

どんな恩か、考えるまでもなかった。春川は姿を消した。それが答えだ。二度と山科和美と会うことはないだろう。

古田は煙草に火をつけた。背中を冷たい汗が伝っていた。

《初出》
「Ｗｅｂジェイ・ノベル」配信
２０２２年1月～２０２２年8月
単行本化にあたり、加筆、修正を行いました。

本作はフィクションです。登場する人物、企業、学校名、店名その他は実在するものと一切関係ありません。（編集部）

［著者略歴］
五十嵐貴久（いがらし・たかひさ）
1961年東京都生まれ。成蹊大学文学部卒業後出版社勤務。2001年『リカ』で第二回ホラーサスペンス大賞を受賞してデビュー。警察小説「交渉人」シリーズ、お仕事恋愛小説「年下の男の子」シリーズほか、スポーツ小説、ミステリーなど幅広いジャンルの作品を発表し、好評を得ている。主な著書に『学園天国』、『あの子が結婚するなんて』、『マーダーハウス』、『能面鬼』など。近著に『コンクールシェフ』、『奇跡を蒔くひと』、『リセット』（「リカ」シリーズ）がある。

スカーレット・レター

2023年3月31日　初版第1刷発行

著　者／五十嵐貴久
発行者／岩野裕一
発行所／株式会社実業之日本社
〒107-0062
東京都港区南青山5-4-30　emergence aoyama complex 3F
電話（編集）03-6809-0473　（販売）03-6809-0495
https://www.j-n.co.jp/
小社のプライバシー・ポリシーは上記ホームページをご覧ください。

ＤＴＰ／ラッシュ
印刷所／大日本印刷株式会社
製本所／大日本印刷株式会社

ISBN978-4-408-53822-8（第二文芸）